僕のサボテン

集まる

3rd week episode

サムシングブルー

4th week episode

片想いスパイラル

5th week episode

彼氏、いるんだよね。

6th week episode

あさはんのゆげ

7th week episode

イブの贈り物

全員、片想い

設 楽 朋

幻冬舎文庫

全員、片想い

全員、片想い 目次

プロローグ──ラジオパーソナリティー

10月、横浜。

1年のうちに幾度か訪れる季節の変わり目の中でも、とりわけはっきりとした変化を感じさせる時である。9月がひきつれていた夏の面影は足早に彼方へ。今年もあと3か月で終わってしまうということを突然、強烈に意識させられるのだ。

日々、寒さはつのり、夜は長くなる。クリスマスへむかって、人々が人恋しくなるのと比例するように、街はにぎやかになっていく。

横浜の海近くにあるラジオ局、深夜番組「ラウンドミッドナイト」では期間限定で新しいコーナーがはじまろうとしていた。

「全員片想い」

誰もが一度は味わったことがあるであろう、〝片想い〟の恋のエピソードをリスナーから投稿してもらって、7つのエピソードを選び、クリスマス・イヴが訪れるまでの7週間にわたって、紹介することになったのだ。

ディレクターの入山由衣《いりやまゆい》は、思いのほか、このコーナーの投稿者が多いことに驚いていた。たった1週間の募集期間で、数百通もの応募があった。

由衣は、企画自体は面白そうだと思ったものの、個人的には片想いの醍醐味《だいごみ》は分からなかったからだ。

（片想いは学生時代になら経験したことがあるけれど——）というか恋愛や失恋はしたことがなくても片想いだけは誰でもできるのだ。

今や、30歳近くにもなって、想いが叶《かな》わない恋、現実のものにならない恋愛の意味なんて見いだせない。片想いじゃ、現実的なぬくもりは得られないし、ご飯だって食べられない。結婚も視野にいれているアラサー女子にとっては、恋愛は実現してナンボのものなのだ。


この〝片想い〟企画の提案者であり、番組のDJでもある三崎透《みさきとおる》は、40代も半ばを超えた中年男だ。10年前までは、いくつものヒット曲をもつ、人気ヴォーカリストだったが、音楽界のあまりに速く大きな変化の波にとりのこされたのか、それとも彼自身がついていくのをやめたのか、芸能界からしばらく姿を消していた。そして、2年前に戻ってきたのがココだった。

一度は、時代を築いたボーカリスト。今は、その頃に比べれば、いわゆる落ちぶれた状態にあるけれど、彼自身はいたってフラットにDJの仕事を楽しんでいるし、気さくに周囲と接するから、仕事はやりやすい。

私生活では別居中の奥さんがいて、その奥さんにも年下の彼氏ができたらしい……なんて悲惨な話を、三崎自身がある時、冗談めかしてしていたけれど。

三崎のほうだって、いまだに女性にモテるだろうと、由衣はひそかに思っていた。三崎には、あらゆる経験をつんで受け入れてきたであろう大人の男の包容力と、不器用に生きてきたアーティストならではのひたむきさがある。

でも、由衣は分からなかった。

人生の酸いも甘いも、恋の酸いも甘いも、きっとその先まで知っているであろう、三崎透は、なぜ、〝片想い〟なんて、まるで、女子高生みたいな企画を思いついたのか。

三崎のような大人の男がどうして片想いの企画を思いついたのか、片想いに惹《ひ》かれるのかを知りたかった。彼にとって、忘れがたい恋は、結婚生活よりも、片想いにあるのだろうか。

11月、新コーナーがはじまる夜。

三崎透はいつも通り遅刻気味、オンエアがはじまる15分前に由衣たちの待つ、スタッフルームに入ってきた。

「ごめん！ また遅刻しちゃったよね」

「また、人身事故ですか？」

「違う。オレの寝坊」

「執行猶予取り消しになっちゃいますけど。それに、寝すぎですよ」

「由衣ちゃんは手厳しいな」

三崎は、笑うと甘えたような顔になる。

由衣は、それを見るたびに、「子供の頃から、こういう顔してるんだろうな」と感じて、思わず笑ってしまう。

「辛いことがあるからって、お酒に逃げないでくださいね」

「何で分かったの？　また、女の子にフラれちゃってさ！」

「はいはい」

あきれたようにつっぱねる由衣に、三崎はますます相好を崩す。

「由衣に叱《しか》られると安心するな。もしかして、オレのこと好きなのかな？」

「何言ってるんですか。今日から、はじまりますよ。三崎さん、肝いりのコーナー」

「おっ、〝全員片想い〟」

「そう、〝全員片想い〟」

三崎は、コーヒーを片手にDJブースに入った。定位置に座ってヘッドフォンをつけたのを確認すると、由衣はインカムごしに本番の合図を出す。

「三崎さん、本番いきますよ」

三崎は、由衣のほうを見て親指を立て、OKサインを出すと、マイクにむかって話しはじめた。

「こんばんは。今夜も楽しいベイナイトスタジオからお送りします。三崎透のラウンドミッドナイト。今週から、7週連続で片想いをテーマにした視聴者からのせつないお手紙を紹介させていただきます。

片想いなんて、学生時代みたいで懐《なつ》かしい？　それとも、大人になっても、現在進行形で片想いしている方もいるかな？

僕の好きなウディ・アレンは、〝長続きするたったひとつの愛は、片想い〟といっていました。僕も中年になってから、その言葉の意味が分かった気がします……なんてね。ははははっ！　さぁ、戯言《ざれごと》はさておき、今週のエピソードを紹介しましょう。

××市にお住まいの、ペンネームあんにゃさんからの片想いのお手紙です。タイトルは、〝私のあだ名はブタっち。〟――」

私のあだ名はブタっち。

最初は、あれが恋だとは気付かなかった。

夏の香りがする――。茶畑をわけいるように続く長い一本道。毎朝、自宅から高校に向かう時に必ず通らねばならない、この道を自転車でぬけていくのが私の日常だ。

道の途中から高台を昇れば、広々と海も見渡せるのだけれど、朝から寄り道している余裕なんてもちろんない。それでも、自転車を漕《こ》ぎながら息をするたびに、海を感じることができる。お茶と潮の香りが入り混じった、清々《すがすが》しくも濃厚《のうこう》な青い香りが胸いっぱいに広がるのだ。

この香りを味わうのも、今年、最後になるのだろうか。私は来年は地元とはいえ、家からは20㎞も離れた大学へ進学するつもりだ。

1時間という長い道のり。自転車を漕いでいる時に考えているのは、まず、自分は、1分間にペダルを何回転させているかっていうこと。

回転数と速度が安定したら、今度は、お昼に食べる物のことを考える。今日のお弁当は何だっけ？　お弁当のほかに、休み時間や放課後は何を食べようか。マロンプリン、ビッグサンダーチョコレート、いちごクリームパン、フライドポテト……。大好物の名前を呪文《じゅもん》のように唱えながら、無心になってひたすら漕いでいる。その道の途中で、たいてい、いや、必ずヤツに出会う。

「おーい！　ブタっち〜！」

佐《さ》竹栄太《たけえいた》。〝ブタっち〟とは、ヤツがつけた私のあだ名だ。単純に、私が四六時中よく食べるから、ぽっちゃりしているから、ブタっち。〝小豚ちゃん〟みたいなノリと意味合いを持つあだ名は、不名誉といえば不名誉だけど、愛きょうも幼なじみならではの親愛の情も感じられるから、私は決して嫌いじゃない。だけど、あだ名で呼ばれたら、最初は聞こえないフリをするのは、私と佐竹の恒例《こうれい》の儀式だ。

「ブタっち、ブタっち。何だよ、野村《のむら》！　こっちむいて、笑美《えみ》ちゃん！」

「……ぶふっ！　笑美ちゃんって！」

「今、ブタ鼻、鳴らしたろ？」

「ぶひっぶひっ」

「それにしても、ブタっち。今日はすっげぇ、汗かいてんな」

「だって、夏だよ。あっちぃもん。それに、朝ご飯分のカロリーは、ここで消費しておかないとね」

「カロリーって！　朝から何食ってきたんだよ」

「ママの卵焼きと、どんぶりご飯と……フライドポテト！」

「ご飯とポテトって、朝からダブル炭水化物。相変わらず飛ばしてんなぁ」

「フライドポテトは、野菜ですから！」

はす向かいの家に育った同い年の佐竹は、背が高くて足が長いせいか26インチの自転車すら小さくて、どこか漕ぎづらそうにも見える。とりたててハンサムというわけでもないけれど、けっこうモテる。

一緒に通学していると、時折、校門あたりで女の子に呼びとめられて話しかけられたり、手紙を渡されたりするのだ。

そんな時の佐竹は、「どうも」なんてぶっきらぼうに言うばかりで、今時の男子にあるまじき不器用さで照れ笑いしている。「彼女欲しい！」なんて、仲間内での軽妙な口調はどこへやら。私と話す時ののびのびとした佐竹とは、あまりにも異なる。

5歳の頃からの幼なじみの私にとって、佐竹は今とは全くちがう存在だった。あいつは、小学校の頃は超イジメられっ子だったのだ。今でこそ、高校の全校集会でも後方に並んでいるけれど、あの頃は、華奢《きゃしゃ》で小さくて女の子みたいに可愛《かわい》いルックスだった。マイペースなのか、どこのグループにも所属しようとしないし、優しいのか気弱なのか肝心なところで言いたいことをハッキリ言わない。それでいて、イジメっ子たちに媚《こ》びるわけでもなく、イタズラやわがままに同調もしないから、かっこうのイジメの標的になっていた。

私はあいつのために、何度もイジメっ子たちに立ち向かった。海辺で佐竹がクラスの男子に囲まれてパンツを脱がされていた時も、5人以上はいた敵方の男子を蹴散《けち》らして、パンツを取り返したのは私だった。

「何でパンツなんかとられているんだ！」と佐竹にげきを飛ばすと、「クラスで飼っているニワトリの羽をむしろうとしていたから」という答えが返ってきた。

信じられないことに本物のニワトリの代わりに、自分が羽をむしりとられる役をやると申し出たらしい。イジメられた後なのに、「ニワトリ役って難しいな」なんて呑気《のんき》なことを言って笑っていた。佐竹は優しくて気が弱いけど、ちょっと変なヤツなのだ。

一方、子供の頃の私は、5人の男子を一度に相手にしても勝てるくらいに大柄であり、力も強かった。誰よりも背が伸びるのが早かった私は、小学校低学年まではクラスの平均値よりも頭ひとつ分は大きかったし、くわえて、肥満児だったから。もやしみたいな男子なんて、何人かたまって騒いでいようと怖くなかった。

あれから、10年。私の身長は早々に伸び止まり、高校生になっても161cmと日本の女子高生の平均値程度だけれど、なぜか体重は、すくすくと増量し続けて、現在、68kg。標準体重よりも軽く10kgはオーバーしている。同世代の女子たちが目指している45kgというのは、標準や健康体重ではなく、いわば、モデル体重っていうやつだ。45kgなんて、私にはあまりにも遠い。

でもさ、そもそも、別に体重を書いたプラカードを掲げて歩かなきゃならないわけでもないし！

本音を言えば、私だって、モデルのような細長い手足やタレントみたいな小顔は、むちゃくちゃ羨《うらや》ましい。鏡に映る自分の顔は、角ばっていて存在感があるし、手足は短くはないはずだけど、丸太みたいに太いせいか、もはや長いのか短いのかさえよく分からない。

テレビみたいな恋愛ドラマのヒロインには、絶対になれない容姿だ。そう思うと、昨夜、憧《あこが》れのタレントのキスシーンに身悶《みもだ》えた自分を嘲笑《あざわら》いたくなる。

テレビのドラマみたいなことは、私の人生には起こりっこない。でも、同級生の女子たちは、ああいうことが起こるかもしれないと思って、フライドポテトを我慢して細いウエストをキープしたり、学校の先生や男子にはバレない程度にさりげなくリップジェルやチークをそっと仕込んだりするのだろうか。

それって、何だか世間とか男子に媚びているような気もしてしまう。痩せていて可愛いからといって何の価値があるんだろう？　美味《おい》しいものを我慢することより、モテるって大切なことなのか。恋愛ってフライドポテトよりも美味しいもの？

私がブタなことは、もはや当たり前のことだし、自らネタにして笑いもとれる。美味しいものを食べるのが何よりの幸せだし、毎日毎食、あきらめたくなんてない。それに、可愛いお姫様やヒロイン役を演じたい女子は山ほどいるもの。私には私の道がある。私には私のキャラがある。

だから、佐竹がつけたあだ名の〝ブタっち〟は案外気にいっているのだ。響きがいいし、なんたって、愛を感じる。

——それにしても、佐竹は足が長いだけでなく、お尻《しり》も小さいな。隣で軽やかに自転車を漕ぐ姿を見てふと思う。佐竹って、もしや、私より体重少なかったりして！　身長は20㎝近くも高いけれど、体重はきっと少ない。いや、確実に少ないな！　それって、それって、何かいやだ！　太っている自分は受け入れられても、佐竹より重いのは何だかいやだ！

大きな体にも拘わらず、微塵《みじん》の悪意もなさそうなピュアで優しい佐竹の横顔を見るともなしに見つめる。春も夏も秋も冬も、中学も高校もずっと一緒だったからこそ、思う。子供の頃にイジメられっ子だった佐竹は、自分から攻撃したくないだけで、実はイジメなんてモノともしない強い男なんじゃないか。だから、ニワトリ役なんてやれたんじゃないか。

今や私が佐竹を守る必要なんて全然ないけれど、それでも、いつも一緒にいるのは何だかとても気が合うからだ。遊ぶならゲームするより海辺ではしゃぐのが好きなのも、一緒に虫をつかまえても、帰り際には放そうとするところも、フライドポテトが大好きで、時々、マヨネーズをつけて、周囲には気持ち悪がられるほどこってり味にして食べるのが好きなところも同じだ。

佐竹って、今はカッコつけた髪型にしているけれど、ホントはオデコが広くて、中学時代までは〝ハゲっち〟って呼ばれていた。高校に入学する時、「本物のハゲだと思われると困るから」という本人の申し出により、そう呼ばなくなったけれど。でも相変わらず、あいつは〝ブタっち〟って呼んでくる。私は、佐竹のことなら何でも知っている。

「なぁ。今日はC組って体育あるの?」

「うん。たぶん、グラウンドだと思う。A組も体育あるんだっけ?」

「そうそう。2時限めだよ」

「ムラっち、おはよう! あ、佐竹くんも一緒だぁ。相変わらず仲良しだねぇ」

校門の前でカンちゃんこと、神崎優奈《かんざきゆうな》に遭遇すると、佐竹の全身に小さな緊張が走ったのが分かった。ゆるみを隠そうと口元を引き締めてはいるが、頰《ほお》は赤らみ、瞳には嬉《うれ》しそうな色がともっている。佐竹って、いつから、こんな顔をするようになったのだろう。カンちゃんを前にした時の佐竹のそわそわしたような表情や態度は、すでに何度か見たことがあるものの、いまだに私には馴染まない。

佐竹は、カンちゃんが好きなのだ。私と身長はほぼ一緒なのに体重は43kgしかなくて、モデルばりに細長い手足に小顔に華奢なウエストの持ち主のカンちゃん。陽《ひ》に透ける柔らかな栗毛や真っ白ですべらかな肌は、今時の女子高生というよりは、ひっそりと咲く花のように可憐《かれん》だ。

それでいて、他の女子たちのように、自分の可愛さに対する自意識や、男子への媚びは微塵も感じさせず、性格は明るく正直でサバけているという……この最強ギャップ！　当然、男子にはモテまくっているし、クラスの内外、学年を問わずカンちゃんファンも多い。

カンちゃんは、可愛いだけじゃなくて良いヤツだ。だから、私も、3年のクラス替えで初めて一緒になった時に、すぐに友だちになれた。でも、佐竹はどうだろう？　カンちゃんのどこに惹《ひ》かれたのか。彼女についてさほど知りもしないくせに、見た目だけにぼーっとして胸をドキドキさせているのかと思うと、何てありふれた男だったのかと腹だたしくなってくる。

「じゃあな、野村！　神崎さんもまたね」

緊張気味な笑顔で去っていく佐竹の背中に、心の中で思わず小さな悪態をついた。

バーカ、バーカ、佐竹のバーカ！

あれは2か月ほど前のことだろうか。

高校3年生になってまもなくのこと、私は初めて同じクラスになったカンちゃんと親睦《しんぼく》を深めるためにカラオケボックスに行った。すると、偶然にも、佐竹も同じカラオケボックスに新しいクラスメートとともにやってきたのだ。こんな時まで気が合う私たち。

私がカラオケ部屋の中でダイエットコークをがぶ飲みしながらフライドポテトにがっついていると、ドアの窓をいたずらっぽい笑顔でのぞく佐竹がいた。

「ま〜た、イモ食ってるのかよ！」

ゲラゲラ笑いがら、勢いよくドアを開けて飛び込んできた彼に、「何だよ！」と突っ込もうとすると、その視線は、すでに私の隣で歌う神崎優奈へと奪《うば》われていた。

ピンク色のレモネードをストライプのストローで飲みながら、流行《はや》りのポップなラブソングを甘い声で歌っていた。カンちゃんは、あの日も最強に可愛かった。急に入ってきた佐竹に驚きつつも、すぐにケラケラと笑い転げたカンちゃんに、佐竹は心を奪われた。

私は、人が人に恋する瞬間を初めて見た——。


それからの私は、ずっと佐竹の気持ちに気付かないフリをしていた。たとえば、佐竹がカンちゃんについてさり気なく聞いてきても、最小限の受け答えをしたし、「また、みんなでカラオケに行こうぜ！」って言われても、「最近、私の中のカラオケブームは去った！」って一蹴《いっしゅう》した。

奥手でテレ屋な佐竹は、それ以上ははっきり言わないし、踏み込めない。それが分かっているから、鈍感なフリをして、話をそらしまくっていたのだ。

我ながらイジワルだなって思うけれど、つい、そうしてしまうのだから仕方ない。

でも、どうして、佐竹の初めての恋心を踏みにじるようなマネをしてしまうんだろう。自分を置き去りにして、佐竹が先に大人になっていくのが寂しいのか。それとも——？

私は、自分の中に育っている見知らぬ感情に気付いていた。気付いていたけれど、認めたくなかったのだ。佐竹と一緒にいると、時々、胸苦しい気持ちになる。もしかして私も、クラスの他の女の子たちみたいに、恋している女の子特有の愛されることに必死な子犬みたいな匂《にお》いを発しているのだろうか。

嫌だ！　私は、まだ、このままでいたい。佐竹と一緒にフライドポテトを食べながら、どうでもいいことを話して笑い合う。あの時間をもっともっと味わいたいのだ。そう願えば、彼の恋心はもちろん、自分の中の感情も見ないフリをして、踏みにじるより術《すべ》がない。

佐竹にいじわるするたびに自己嫌悪が募って、ますます食欲が増した。私にとって食べることは、幸せそのものだから。嬉しくて楽しくて大好きな行為。だけど、食べたくなるのは楽しい時だけじゃない。哀しくても苦しくても、食べたくなる。

メロンパンの皮の部分がいちご味になっているいちごパン、生クリームとカスタードクリームが入った大判焼き、ジューシーなフライドチキン、そして、アツアツでほくほくのフライドポテト……。お小遣いの限りで買い込んだ好物を、部屋に帰って一人、夢中で完食する。

よく考えると、これって全部、佐竹も好物のやつばっかりだ。佐竹は、私と食の好みがほぼ一緒だし、たくさん食べても太らないだけだ。カンちゃんは、大判焼きもフライドポテトも好きじゃないし、そもそも、食が細いから太らない。食の好みが同じ私と、細長い手足がお揃いのカンちゃん。どっちが相性良いんだろう？

みんなに太っているとからかわれても、ショーウィンドウに映る自分の巨体にため息をついても、佐竹が「ブタっち！」って呼んでくれたら、全部チャラになる気がしていた。太っていることも、モテないことも、女扱いされなくても、〝ブタっち〟って呼ばれるのは私だけなのだ。

でも最近、佐竹はブタっちって、ほとんど、呼ばなくなっていた。カンちゃんに出会って恋に落ちたあの日から、少なくとも人前では絶対にそう呼ばない。

それなのに、今朝みたいに2人きりの時は、突然、「ブタっち！」って呼んだりする。それが何だか2人だけの秘密みたいに思えて、嬉しくなるじゃんか。なんだか、ごっちゃになっちゃうし、心かき乱されちゃうじゃんか！

「4人で豊島園《としまえん》に行かないか？　野村と神崎さんとオレとオレの友だちと。野村が好きそうなすっげぇ、いい男連れて行くからさ」

とうとう佐竹が切りだしてきたのは、クリスマスの1か月前のことだった。クリスマスの時期は、田舎町でも駅前にイルミネーションがともる。あれを眺めているうちに、佐竹の恋心もますます盛り上がったに違いない。〝短絡的《たんらくてき》なヤツめ！〟と心の内で悪態をつきつつも、涼しい笑顔をこしらえてからかうように言った。

「おっ！　佐竹って、もしや、カンちゃんターゲットだったのかよ！」

「ターゲットっていうか……」

ムキになる佐竹の頬がみるみる赤く染まっていくのを見て、どうしようもなく胸が痛んだ。こんなに純情な顔を見せられたら、協力するしかない。全力で応援するしかないじゃんか！

豊島園のダブルデートから、2人が付き合いだすのはあっという間だった。カンちゃんは、人を見る目のある女子なのだ。佐竹のマニアックな面白さとか、気弱に見えて実は優しくて思いやり深いところとか、私の友だちだけあって分かっている。

私は2人を応援すると決めてから、「自転車が壊れちゃった」と言い訳して、自転車通学をやめて、バス通学することにした。毎朝、佐竹に会うのを楽しみにするのをやめることにしたのは帰り道も途中まで一緒のカンちゃんと佐竹が2人で手を繋《つな》いで歩くのを見たくなかったからだ。

バスの窓からも2人が歩いているのは何度も見かけたし、家のそばで一人でいる佐竹を見かけることもあったけれど、自分からは声をかけなかった。

高校のクラスでは、カンちゃんと一緒にいたから、佐竹との帰り道にどんな話をしているかもときおり耳に入る。佐竹が最近聴いている音楽、ハマっているゲーム、好きなお笑い芸人。どれも私にとっても好ましいものばかりなのがやっぱり嬉しくて、でもすごく悔しかった。

佐竹は、私と同じ地元の大学に通うつもりだと言っていたのに、付き合い始めてからは、カンちゃんと同じ、隣県の偏差値の高い大学に希望を変えた時は正直落ち込んだ。

ある日のこと。ずっとダルそうなカンちゃんに声をかけると、「今、生理中！　今月も来てよかった〜」なんてつぶやくから、2人がとっくにセックスしていることも知った。

2人がどんなふうにセックスしているかなんて知りたくもないから聞かなかったけれど、妄想《もうそう》は止まらない。

佐竹はきっと宝物を扱うみたいに優しくカンちゃんに触れているに違いない。でも、触れているうちに愛しくなって、思わず強く抱きしめてしまうのか……。

はぁ。処女の想像なんてたかが知れている。私は部屋で一人、ふわふわのロールケーキを食べながら、ため息をついた。

いつのまにか、佐竹栄太は日々アップデートされているし、私の知らない佐竹が増えていくのだ。

3月——。佐竹は無事にカンちゃんと同じ隣県の大学に、私は予定通り地元の大学への進学が決まった。卒業式まであと数日となった時、バスを降りたところで、佐竹にばったり遭遇した。
「おう、野村！　すっごい久しぶりだな」

嬉しそうな笑顔で寄ってくる佐竹は、子供の頃と何ら変わりないようにも見えるし、ほんの数か月ですっかり大人の男の顔になっているようにも見える。

「一緒に帰るか!」

フライドポテトを頬張りながら、佐竹は話しかけてきた。

「いいよ、別に」

「そっけない奴だな」

「……あのさ」

「何?」

「海に行くなら付き合ってもいいけど」

「海に付き合えって言えよ、ブタっち」

〝ブタっち〟って呼ばれて泣きそうになってしまった、自分の乙女っぷりが恥ずかしすぎて、私は、一人で走り出した。

「競走しよう! 勝ったほうがフライドポテトぜんぶ!」

「なんだ、それ。そもそも、オレのフライドポテトだっつぅの」

2人でゲラゲラ笑い合いながら、息をきらして坂を登りきると、眼下に広がる海はあたり一面、燃えるような蜜柑色《みかんいろ》に染まっていた。下まで降りて、海岸にすわり、佐竹とフライドポテトを分け合いながら、ゆっくりと沈みゆく夕陽を眺める。

「あれから、カンちゃんとはどうよ？」

「それはもう最高。めっちゃ可愛いし、しかも良いヤツだなって」

「そう。カンちゃんは可愛いだけじゃなくて良いヤツなんだ」

嬉しそうな佐竹の顔を見ると、さらに胸が痛んでいる自分に気付いた。

「そういえば、駅前でリバイバル上映してる映画観た？　えっと……『ベイブ』！」

「まじ？　あんなに昔の映画、リバイバルしてるんだ。私、子供の頃にお母さんに観せてもらってから、何回もＤＶＤ借りているくらい好きだから」

「おおっ。あれってさ、ラストが良いんだな」

「飼い主のホゲットおじさんのセリフでしょう？『行け〜っ、豚！』っていう。ベイブのこと認めて仲良しになったわりに、最後まで豚呼ばわり。名前では呼ばないのがウケるよね」

「そうそう。でも、何か、それがあったかいんだよな」

「羊の群れに埋没しないで、誰とも似てない豚になれっていう。あの感じが私は好き」

「オレも。あの映画観た時、すっげぇ、ブタっちのこと思い出したんだ」

「豚つながりで?」

「それもあるけど、誰にも似てないってところも、ベイブに似ている。カッコいいよ」

「そう、私は孤高の豚なのだ。群れないことをヨシとする!」

「やっぱり、お前とは気が合うんだなぁって」

「……」

「卒業してバラバラになるのは、やっぱり、寂しいな」

佐竹ってば、普通のテンションで何言っちゃっているんだろう。これって愛の告白じゃないよね? 私と佐竹が特別に気が合うことは、ずっと前から分かっていたことでしょう。佐竹も分かっていたなら、どうして恋にならないの?

――分かっている。どれだけ気が合っても、誰と一緒にいるより楽しくても、佐竹の好きは私になくて、私の好きだけが佐竹にある。これが、片想いというやつだ。

佐竹みたいにフライドポテトにマヨネーズつける女子なんて私くらいだし、カンちゃんは佐竹の苦手なレモンが好きなのに。それでも、佐竹はカンちゃんが好きなのだ。もう、どうしようもないことなんだ。

ゆっくりと沈んでゆく夕陽よりも、こみ上げてくる涙のほうが速かった。泣き顔を見られたくなくて、私は唐突に立ちあがった。この場を離れたくないけれど、もう行かなければならない。

「帰ろうっと」

「何でだよ。まだ、夕陽、沈んでない」

私と一緒に立ちあがろうとする佐竹を制するように、思わず、後ろから背中を捕まえた。

「何だよ？」

驚きながらも笑っている。佐竹は、いまだに何にも気付いていない。私のことならたいてい分かるはずなのに、ずっとココにある恋心には気付かないヤツなのだ。

そう思うと、めまいを感じてしゃがみこみそうになる。私は胸のうちに広がる苦み走った感情を振り払うように、佐竹の背中を抱きしめていた手をほどいた。

「背は高くなっただけで、相変わらず、ほっそいなぁ！　もっとフライドポテト食べないと、また、イジメられるぞ。パンツとられちゃうぞ」

今度は、首を絞めてやった。このまま時間が止まればいいのに。

「食べる、食べるから！　ブタっち、力入りすぎて痛いって」

私は相変わらず佐竹の無垢《むく》な笑顔を見て、また、泣きそうになる。でも、切ないだけでも哀しいだけでもなくて、不思議なことに嬉しくもあったのだ。初めて味わう複雑な感情をこらえている間にも、夕陽は翳《かげ》っていく。こうして、佐竹と夕陽を見ることは二度とないかもしれない。

だけど、この瞬間だけは、永遠に私と佐竹しか知らないのだ。

僕のサボテン

あの頃、彼女はほんとうは何を考えてたんだろう？

大学時代に付き合っていた恋人とは、ひまにまかせて飽くるほど一緒にいて、たくさんキスをした。いつも彼女は笑顔だったし、ケンカをした記憶もない。だけど、そのうち、実は僕のことなんてたいして好きじゃないんじゃないかと疑い始めた。

最初はキスするたびに恍惚《こうこつ》とした表情を浮かべていたのに、ある時、キスの途中にふと目を開けたら、彼女はとっくに目を開けていた。

恋の絶頂に達していたのは僕だけで、彼女はそれを冷めた目で眺めていた傍観者《ぼうかんしゃ》だったのか。

それでも僕は自分の欲望を満たしたくて、彼女の開いた目の奥は見ないようにしていた。目を見る前に、彼女をぎゅっと抱きしめてしまえばいい。

結局のところ、僕は、彼女の気持ちが真実であろうとなかろうとかまわなかったのだ。

　自分さえ、気持ちよく達することができるなら、それで良かったんだ。

　サークルではいちばん可愛《かわい》かったけど、大学のミスコンの最終審査では全然目立たなかった彼女。女子アナ志望だったけれど、地方局にも受からなくて、大手メーカーの受付嬢になった彼女。でも、それくらいが男にとっては丁度頃あいがいい。

　彼女はいつも部屋に花を飾っていたけれど、すぐ枯らしてしまうのだと笑っていた。一緒に買い物したり、部屋のソファにならんで映画を観ている時のほうが、嬉《うれ》しそうに見えた。僕と付き合っている間も、いつも誰かに誘われたり、口説かれたりしていたのだろうか。デート中も彼女のｉＰｈｏｎｅはよく鳴っていたっけ。

　もしかして、僕の他に、恋の絶頂に達することができる男が他にいたのかもしれない。

　でも、そんなことはどっちでもいい。

　彼女について、本当のことは、わからなくてもいい。

　あんなにたくさんキスしたのに、僕と彼女は卒業後、あっさりと離れてしまった。

社会人になって、新しい生活に飲みこまれるやいなや、もう思い出すこともなかった。

これが僕のいちばん最近の恋の話。

木下透《きのしたとおる》は、ここ半年、ずっと混乱していた。大学を卒業して第一希望の広告代理店に入社して半年も経《た》つのに、いまだ、自分は何の仕事をしているのか今ひとつわからない。大学で学んだ、都市工学の専門知識を仕事に活かすどころか、人間として、社会人として、当たり前のことがこんなにもできないとは、我ながら驚いてしまう。

学生時代はサークルの部長だってやっていたし、成績もトップ10には入っていた。付き合っていた彼女は学内のミスコンの最終候補に残るほどには可愛くて、人気のある子だった。大学ではわりと無敵だった木下も、この会社では単なる〝デキない新入社員〟と化している。

会社にかかってきた電話を先輩よりも早くとること、上司の仕事の邪魔にならないタイミングで仕事の連絡や相談をすること、他社に打ち勝てるプレゼンの資料を作ること……。

何ひとつまともにできない。まともにできないことを自覚しているだけ、マシなのか。それとも、わかっているのにできない自分はなおさらダメなのか。新しい経験をするたびに、自分へのふがいなさが募っていく。日々、木下の頭は混乱して、複雑な感情がぐつぐつと湧《わ》き上がっていた。

土日も仕事のノルマを引きずって、部屋は荒れ放題だし、デート相手を探す余裕すらない。生活と共に心も体も荒んでいくが、それでも、朝は必ずやってきて、会社は今日もはじまってしまう。

「ヌキどころがないんだよ！」

ベッドの中で大きくのびをしながらつぶやいて、目ざましに手をかけると、時計の針は木下の思うよりも30分先に進んでいた。

「や、やばい！　また、遅刻しちゃうよ」

朝食をとらないのはいつものことだけれど、水すら飲まずに、昨日、ソファに脱ぎっぱなしにしていたしわくちゃのシャツを着て、上着を手に飛び出した。

小学校から大学時代までサッカーを続けて、ずっと走り込んでいた。その脚力はまだ衰えていない。木下はそのことを、最近、改めて誇らしく感じていた。仕事がまったくできないダメな自分は、自分が知らなかった自分で、心のどこかでまるで別人のように感じていたのだ。

けれど、こうして美しいフォームで軽やかに走っている自分は、なじみのある自分、大学時代の木下透と何ら変わりない。

仕事だって、結局は、慣れなのかもしれない。そう思って木下は自分を励ました。

息を切らして会社に到着すると、始業時刻である9時からほんの2分を過ぎていた。

「はーい。おはよう。おはようもいらないか。9時はとっくに過ぎているものね。どういう神経だと、またまた遅刻とかできちゃうわけ？」

木下のデスクのそばには、冷めた笑顔をはりつけた今井《いまい》咲《さき》が仁王立ちしていた。パンツスーツのインナーにやわらかなシフォンのブラウスを着ている。木下の8つ年上である31歳の咲は、木下の直属の上司であり、教育係だ。そして、彼にとっては、最大の混乱のもとでもあった。

「遅くなってすみません」とおそるおそる言葉を発すると、咲は軽く一瞥《いちべつ》しただけで、ドアに向かって歩き出した。

「遅刻の言い訳はいらないからね。もう行くよ！」

「すみません」

木下もあわてて、後をついていく。

「他社にプレゼンに行く日はね、出かける前から勝負だって言ったでしょう。出発前にプレゼンしている時の自分たちと相手の反応をイメージしておくの。シミュレーションするのよ」

「はい」

「そんなにギリギリに出社したら、心の準備すらできない。ただでさえ、経験も想像力も貧困な若造なんだから。時間と心くらいには余裕もたないと」

「はい」

今井咲は頭の回転の速さに比例して早口だし、その言葉には小さなトゲが無数にちりばめられている。木下は、そのトゲに毎日刺され続けているのを感じていた。ものすごく悔しくて情けないけれど、言っていることは、いちいち的を射ているのだから仕方ない。

咲は、部のリーダーを任されるほど、仕事ができる。後輩や同僚にはもちろん、先輩や上司にもためらいなく、仕事の甘さや落ち度はストレートに指摘する。ともすると、多くの人に嫌われそうなタイプなのに、みんなの信頼と人望を得ているのは、彼女が他人以上に自分に厳しく、仕事に一途で、保身するようなウソやズルさがみじんもないからだ。だいぶ〝キツめの女〟だけど、潔くてカッコ良い。入社半年で自分のことに精一杯な木下も、咲のスゴさは認めざるを得なかった。

それに、実のところ、木下は咲を想い浮かべて、妄想《もうそう》することが何度もあった。

何なら、今朝も咲の夢を見て起きた。どうして、咲を想ってあそこがふくらむのか、木下には今ひとつわからなかった。

社内では、毎日のように叱《しか》られ、痛いところを突かれている。咲の背中に向かって、「嫌味な年増《としま》め！」と声に出さずにつぶやいたことも何度もある。心の内で尊敬はしているけれど、それとこれとは別問題だ。

咲は、エネルギッシュな仕事ぶりとはうらはらに、平均よりもいくぶん小柄で細い。

胸元を開けたり、身体《からだ》の線を出すような服を着ているのを見たことはないけれど、おそらく胸はそれなりに豊かだろう。ゆったりしたブラウスでも脇《わき》の下あたりだけはぴんとはっているのを木下は見逃していない。

すっぴんではないだろうが、ほとんど色のないメークをしていて、透けそうなほどの白肌ながら生命力を感じさせる艶《つや》もある。よく見ると、透明感のある美人だ。でも、男たちにそれを感じさせないほど、咲はいつも仕事に没頭しているし、他者にスキを見せない。透の大学時代の彼女のような、いかにも女の子を感じさせるような媚態《びたい》は一切ないのだ。

今井咲は、元カノのみならず、木下が出会ったどの女ともまったく違っていた。常に仕事に前向きでエネルギッシュなのに緻密《ちみつ》で潔い。30歳を越えているのにも拘わらず、それをまったく意に介する様子もない。木下の身近にいた女たちのように「早く結婚したい」とか「もっといい男と付き合いたい」なんて、絶対に言わなさそうだ。

入社してからも、他の女子の先輩は、いわゆるエリート大学出身で見た目のいい木下に何かと優しくしてくれたし、すきあらば、色目をつかってきた。木下にはそんな女子社員の振る舞いが面倒くさくもあったけれど、ちょっとした救いでもあったのだ。

自分の存在意義が感じられるというか、仕事のみじめな失敗が緩和される気がしたからだ。だけど、今井咲だけは、その種の視線を木下に投げかけたことは一度もない。

〈本当のところ、この人は何を考えているんだろう？　本当に仕事ひとすじなのか〉

仕事においては圧倒的で認めざるを得ないけれど、可愛げのない年上の女。よもやタイプであるわけがないのに、夢にまで出てくるなんて。自分にはM気があるのかもしれないと木下は、無理やり理由をこじつけることにしていた。


木下が咲に複雑な感情を抱くようになったのは、3か月前のことだった。

取引先にプレゼンテーションに行って、大失態を演じたのだ。3か月間、咲のもとでみっちりとしごかれていた木下は、クライアントの意に沿って戦略的だが読みやすい余白のある資料を作る術《すべ》をつかみかけていた。咲に何度も書き直しさせられながらも、完成した資料は、我ながらなかなかの出来だった。

前夜、その資料をファイルに入れてデスクの2番目の引き出しにしまっておいた。

……ところまでは良かったが、すっかり安心してしまったのか、深夜、家に帰ると深い眠りに落ちて、目ざましタイマーをすっとばしてしまったのだ。遅刻ぎりぎりで会社に到着して、2番目の引き出しを開けて、あわてて資料をかばんにつめて飛び出した。

取引先の会社には何とか定刻に到着したものの、プレゼンテーションが行われる会議室にたどりつき、咲に促されて、資料を取りだそうとかばんを探って肝が冷えた。木下がかばんに入れたはずのファイルは、色違いの別なファイルだったのだ。

プレゼンテーションの場にプレゼンの資料がないという、あまりにも初歩的なミス。こちらは咲と木下だけだったが、先方は、部長以下、プロジェクトメンバー全員が顔をそろえて待っていた。重く気まずい沈黙が流れた。

「もうしわけございません！　一度、社に戻って資料をもってまいります」

平謝りしながら、必死で頼みこむ咲に、先方は、「本日は残念ですが、次にプレゼンする会社の方々がいらっしゃいますので」と丁重に断ってきた。当然だ。

木下は、そのやりとりを横で聞きながら、ただ、茫然《ぼうぜん》と立ち尽くすしかない、木偶《でく》の坊《ぼう》たる自分を恥じた。

後日、改めてプレゼンテーションの場が与えられるなんていうラッキーなことはあるわけがなく、企画は、競合他社にさらわれた。

かくして、咲と木下の努力は、日の目をみることもなく水の泡と消えたのだ。

部長は、木下を直接怒ることすらしなかった。代わりに咲を呼び出して、今後、いかにこの損失を埋めていくか、他のプロジェクトをいかに成功させるかについて具体的な計画を立てているようだった。部長の計画には、〝デキない新人——木下をどう処理するか、別な部署に飛ばそうか〟という案もあったのだが、咲はこれを断固拒否した。

「新人は、失敗することも大切な経験だし、人材を育てるのも私の仕事」だと。そして、何かあれば、自分が責任をとるとまで言い切ったらしい。

木下透は、部長に叱責《しっせき》の声すらもかけられず、咲に全責任を負わせてしまったことに、ひどく落ち込み、オフィスの自席から一歩も動けないでいた。うつむき、ただ一点を見つめて、ぼんやりしていた。終業時間がとっくに過ぎていたことにさえ気が付かなかった。

「あのさ、落ち込むなんて100年早いよ。そんなヒマがあったら、実力つけなよ。無我夢中になって努力しなよ」

顔をあげると、咲が目の前に立っていた。言葉はいつも通り、ストレートだけれど、その表情はすべてを包み込むように優しい。

そういえば、咲は今回のことに関しては木下を責めなかった。「資料は前の日から、かばんに入れておいて」というアドバイスはくれたものの、感情的な言い方はしなかったのだ。思い返してみれば、咲は木下にいつもキツい口調でキツい言葉ばかりを浴びせるが、それは的確なツッコミやアドバイスである。木下のことを理不尽に怒ることはもちろん、終わったことや失敗したことに関して責めたりすることは一度もなかった。木下が落ち込んでいる時やいっぱいいっぱいの時は、ただ、一緒にいて見守ってくれていた。

「まだ、咲かないの？　もう、咲いてもよくない？」

さっきまでそばにいた咲は、オフィスの窓辺に並んだ鉢に霧吹きで水をかけていた。

「それ、何ですか？」

「見ての通り、サボテン。ずっと前に一度、誰かが死にかけたサボテンを会社に持ってきてね。こうして水をあげていたら、生き返ったことがあって。それ以来、死にかけのサボテンをココにこっそり置いていく人が出てきたんだよね。今井に預ければ、だいじょうぶだっていう雰囲気が広がって。世話係をせざるを得なくなっていた」

「けっこうな数がありますよね」

「そう。サボテンって意外と育てている人が多いみたいね。育てられないなら買うなよって思うけど」

「こんなところにサボテンがあることすら知らなかったっす」

「あなたの狭い視界にはいるものなんてほとんどないでしょう？」

からかうように明るく笑う咲の笑顔に木下は、陰鬱《いんうつ》とした気分に晴れ間がさしたのを感じた。

「さっきもなによ。あんな深刻な顔して、何時間もうつむいて下ばっかり見ちゃってさ。このいちばんはしっこの小さいサボテンよりも、今の木下は瀕死《ひんし》レベル高かったからね！」

「マジっすか？　そのサボテン、瀕死レベル7くらいっすよね」

「うん。でも、こいつは最初は瀕死レベル8強だったんだから。木下が入社した頃に、誰かが置いていったやつだから。3か月でここまで復活したんだよ。……可哀そうに必死で頑張って生き抜こうとしているのに、見放されちゃってさ」

サボテンをそっとなでる咲の指先が白く細くて、透は胸のあたりをつかまれた気がした。胸に覚えた小さな刺激はあっという間に全身を巡って、下半身まで届きそうになる。さっきまで生きる気力すら失っていたのに、たやすくエロティックなモードに切り替わる自分にあきれてしまう。

〈さすが、23歳の男の体だな〉

透は、そんな自分を咲に悟られないように矢継ぎ早に質問した。

「そもそも、サボテンって簡単に枯れるもんですか？　砂漠でも生きてるヤツでしょう」

「バカね。当たり前じゃない。あのね、はっきりいうと、サボテンを育てるのは簡単じゃないし、枯れる時は枯れます。サボテンは成長が遅いし、ゆっくり変化する植物なの。だから、劣悪な環境においてもすぐに枯れるとか、大きな変化は目には見えない。だから、気づけなくて、いつのまにか枯れていたということが多いの」

「先輩、すごい、知識が深いっすね。仕事だけかと思っていました……」

「ちょっと！　今、私のこと、遠まわしにイジった？　イジる元気あったんだ？」

優しい笑顔で怒ったフリをする咲に、透はまた興奮していた。

「サボテンもね、2週に1度はお水をあげなきゃならないし、もっと大事なのは陽射しなの。太陽がない場所では生きられない植物なんだよ」

「強い太陽と時折の恵みの雨があるから、砂漠でも生きられるんですね」

「そうだ！　ねぇ、いいこと思いついた。このいちばん小さいサボテンを〝ポンコツ〟と名付けてキミのライバルにしよう。ポンコツに花が咲くのが先か、木下が仕事で一人前になるのが先か」

「オレのライバルってそのポンコツっすか？」

「同僚に抜かれないようにね！」

「あ、はい」

あの夜から、木下は咲に複雑な感情を抱くようになったのだ。それと同時に、ライバルだと任命された〝ポンコツ〟のことも毎日のように気にかけるようになっていた。咲がポンコツに週に1度はしっかりと外に出して水やりしたり、その他の日も霧吹きで水をかけたり、陽射しのよくあたる場所に置きかえたり、「元気？」って笑顔で話しかけている姿を、遠くからそっと見つめるのが習慣になった。

いつもはストレートな口調でキツめの咲も、サボテンの前では優しい笑顔になる。木下は、日に日に、咲の笑顔をもっと見たいという思いが募るようになっていた。ポンコツに向けられたものではなく、自分にまっすぐに向けられた笑顔が見たかった。

ポンコツは、あの夜からほんの3か月後には、瀕死レベルが7から6へ、6から5へとみるみる回復し、ある日、小さな赤い蕾《つぼみ》をつけた。

ポンコツが蕾をつけた丁度その頃、木下にもばん回のチャンスがめぐってきた。

それは、咲がもってきてくれた仕事だった。

「木下って、都市工学専攻って履歴書に書いてあったけど。あれってホントだよね？」

「はい、一応……」

「今度、ミツサワホームの競合プレゼンがあるんだけど、やってみる？ 手強い競合は多いけど、勝てたら大きいよ」

「……やります」

木下は、前回の失敗を思い起こして、一瞬だけ躊躇《ちゅうちょ》したものの、すぐに思い直して、きっぱりと返事をした。

プレゼンまでの2週間、木下は入社後の半年間どころか、生まれてから23年間の人生において、これまでにないほどの頑張りをみせた。ありとあらゆる資料を集め、学生時代に培った都市工学の知識を総動員、ミツサワホームの歴史や傾向についても調べ上げて、入念にプレゼン資料に還元した。

木下がこれだけ愚直に仕事に打ち込めるのも、社会に出て初めて、自分の器や能力の小ささを思い知ったからだ。それから、もうひとつ、仕事人としてはもちろん、女性としての咲の存在が、自分の内側にある何かを無限にふくらませてくれたからだと自覚していた。

その日の朝、木下はまたも危うく寝坊しそうになったものの、会社で咲と合流して無事にミツサワホームまでたどりついたのだ。

「ちょっと、待って」

ミツサワホームに入る前に、咲は木下の前に立って歪《ゆが》んだネクタイに手をかけた。

「ほら、びしっとしないとね」

まるで、恋人か奥さんのように、慣れた手つきでネクタイを結ぶ。

〈咲さんって、ほんとうはどんな恋愛をしてきたんだろう？　今は好きな男はいるのだろうか〉

木下は、この期に及んで、咲のしなやかな指先に妄想をふくらませた。ネクタイを結び直してもらうと、胸のうちに勇気が湧き上がってきた。

その日の木下のプレゼンは、エネルギッシュにして緻密で、まるで別人のように堂々としていた。木下のほうにも、実力以上の力を出し切ったという自負があった。

「新人とは思えないですね。うちにもこういう若手が欲しいですよ」

ミツサワホームの部長がそう言って、咲を笑顔にしたのを見た木下は、まだ、プレゼンの結果もわからぬうちから、深い安堵《あんど》と満足感を感じていた。

「おめでとう！　今井、競合プレゼン、勝ったぞ！」

部長がめずらしく高めのテンションで破顔一笑、咲のもとにやってきた。木下もあわてて、咲のそばに駆け寄る。

「やった、やったね！　木下が頑張ったから」

「たしかに、木下もよくやったな。この後も気を引き締めていけよ」

真っ先に自分を褒めてくれる咲に、木下は内にこみあげてくる複雑な感情を抑えるのに必死だった。複雑な感情とはいえ、その正体を次第につかみ始めていた。

〈ここで涙なんかしたら、カッコ悪すぎる〉

わりと大きい案件とはいえ、たった1個のプレゼンを決めただけなのに涙するなんて、ダサい新入社員だと思われてしまう。ダサい新入社員であることは、すでに自他ともに認めているけれど、少しは成長したところを咲に見せたい——。

ひとり思いをめぐらしている木下をよそに、咲は、部長のデスクへとうつって何やら深刻な顔をして話しこんでいる。

しばらくして、部長とともに咲がデスクに戻ってきた。

「報告します。11月から今井咲が、NY支店にいくことに決まった」

森坂《もりさか》部長が部内に響き渡る大きな声で、そういうと、他の社員からいっせいに歓声があがった。

「やっと決まったんだ」

「憧れのNY勤務だ。羨《うらや》ましい」

「やっぱり、今井しかいないよなぁ」

部内のみんなが口々に祝福の言葉を口にしていた。ただ、1人、茫然と立ち尽くす木下をのぞいては。咲のNY栄転の話など、木下にとっては寝耳に水の話なのだ。

「いつから決まっていたんですか？　みんな知っていたんですか？」

嘘であってほしいと願うような気持ちで問いかけると、咲はさらりと返した。

「あんたって、とことん視野が狭いよね。別に隠してなかったし、みんな知ってた話。NY行きはけっこう前からオファーはされていたの。でも、木下が一人でもだいじょうぶになるまでは待ってくださいってお願いしていたから、ちょっと遅れたけどね。今なら平気でしょう」

咲の出発は、すぐだと聞いた。ほんの1週間後には、旅立ってしまう。一緒に仕事をできなくなるどころか、木下の視界からも、消えてしまうのだ。

木下はますます混乱をきたしていく己の感情と向き合いきれず、ただ、ひたすら仕事に打ち込んでいた。朝早くから、深夜、誰もいなくなるまでオフィスにこもって、心身がヘトヘトになるまで目の前の仕事に向き合うことで、咲へと向かって募る思慕も妄想もふき飛ばそうとしていた。

咲の出発の前夜も、木下は、そんな風にオフィスで一人、仕事と格闘していた。

「おつかれ！」

終電間際の深夜。明日にはいなくなってしまうはずの咲が、両手に缶ビール2つを手にして木下のもとに現れた。ビールを差し出されたものの、抑え込んでいた感情が一気に噴き出しそうになって、木下は受け取れずにいた。

「どうしたの？　深夜のオフィスでビールって最高だよ」

「最高ですよね。でも、今、最低な気分です」

「最低って、何よ。また、何か悩んでいるの？　話なら聞くよ」

「何でもないです」

木下は、どうしたって子供っぽい自分にますます苛立った。そして、そんな自分にぶっきらぼうながらも優しい咲との別れを感じて息苦しくなった。

「明日は私の旅立ちの日なんだから、〝おめでとう〟くらい言ってよね」

「……」

「どうしたの？　苦楽をともにした先輩の栄転だぞ」

とふいに木下は立ち上がり咲を抱きしめた。夢の中では何度も繰り返していた行為のせいか、なんだか初めてではない気がしていた。けれど、腕の中にいる咲は緊張しているのだろうか、小さく震えている。

「どうしたの？」

いつもとは全く違う、かぼそい声で咲がつぶやく。木下の腕の中にあるその身体は想像していたよりもずっとやわらかくて儚《はかな》くて、それが愛《いと》しくてたまらない。咲がいなくなってしまわないようにと、腕にいっそう力をこめた。

「アメリカ式のあいさつですよ……」

抱きしめる言い訳にしてはあまりにも稚拙だし、声はあまりに切実だ。自分の腕がすぐに振り払われてしまうものだと覚悟して、強く抱きしめていたのだけれど、咲は意外にもしばらく静かに抱かれたままでいて、それから、木下の背中をそっと抱きしめ返した。

「もう少し見ていたかったよ。これからが木下の見どころだからね」

咲のその言葉に、木下は自分の中にある咲への複雑な感情が、ひとつの強い想いになっているのを確信していた。

「オレは、まだまだです。先輩がいないとダメなんです。ポンコツだって、蕾はついたけど、いっこうに咲かないじゃないですか？　あれ、どうするんですか！」

好きだとか愛しているなんて唐突すぎて絶対に言えない。けれど、木下は、自分の内側でふくらみ続けている、何ともいいようのない感情を伝えたくて懇願するように語りかけた。そのとたん、咲は透の腕をすりぬけて、いつもの明るくストレートな口調で言った。

「何、涙声になっているの？　まだまだ弱っちぃなぁ。でも、木下は、だいじょうぶだよ。ポンコツも、君が面倒みてくれるんでしょう」

咲はすでにスキのない笑顔に戻っていて、木下の肩をとんとんと2回たたくと、缶ビールを片手にそのままオフィスから出て行った。それから、一度も振り返ることもなく、消えてしまった。

〝ポンコツ〟と名付けられた、そのサボテンがとうとう花を咲かせたのは、咲が旅立って1か月後のことだ。木下は、まだ自分の感情に整理もつかないし、胸に覚えた痛みはとうてい消えそうもなかった。咲のことを無駄に思い出さないように、でも、咲のことを忘れないように、木下はますます仕事に打ち込み、淡々とサボテンの世話をした。

木下は、咲と自分が咲かせた赤い花を眺めているうちに、「このサボテンは自分の分身なのではなくて、実は、咲の分身なのではないか」と感じていた。なぜ、そう思ったのか、自分でも理由はわからない。ただ、いたいけな赤い花を眺めていると、咲に対するあの複雑で一途な感情と欲望が鮮やかによみがえってくるのだ。

咲に恋をしていたのは、今も変わらないし、咲を抱きしめた感触はたしかに残っている。自分の内側にある何かは、ふくらんだままなのだ。

今ならわかる。

大学時代の彼女は、僕のことを好きだったに違いない。とはいえ、僕の何が好きだったのかは、わからない。

僕には彼女を喜ばせるような恋愛テクニックや優しさはなかった。彼女の欲しがるものを与えるどころか、知ろうとすらしなかったのだから。

それでも、彼女が僕と付き合い続けてくれたのは、彼女なりの恋を味わっていたからではないか。今はそう思うことにしている。

なぜなら、僕自身が今井咲に恋をして、一度もキスをしたことがないのに、想いも妄想も果たされぬままなのに、あれほど狂おしいまでの恋情を味わったからだ。

先日も、今井咲を一度だけ抱きしめた時のことを思い出していたら、僕は無意識のうちに、サボテンの花をちぎって食べていたらしい。会社のみんなは驚いていたけれど、あの瞬間の僕はきっと絶頂だった。

大学時代の彼女にも、自分なりの恋の絶頂があって、僕と付き合っていたあの頃も僕を通じて、あるいは、僕をふくむ複数の男を通じて、味わっていたのではないか。

まぁ、彼女の絶頂については真実はわからないし、今さら探ろうとも思わないけれど。

女の子について、ほんとうのことはわからなくても良かったが、今井咲については、ほんとうのことが知りたいと思った。

彼女はどんなことを想っているのか、僕について何を感じていたのか、サボテンに咲いた花を一緒に見たら何を言うのか、抱きしめたらどんな顔をするのか、僕は彼女を恋の絶頂に導くことができるのか。

彼女について、いろんなことの真実を初めて知りたいと思ったんだ。

これが僕のいちばん最近の恋の話。

サムシングブルー

人魚姫は、声を失って脚を手に入れた。

聴力を失った私は、初めて恋をして――。

私は、どこにいても海が見えるのどかな町で育った。海の青は空の青とグラデーションになって溶け合っていて境目が分からないくらい。まるでひとつの青い球体の中に町ごと包み込まれているような気がする。

今日は、晴れているのに波が高い。海上では、風が強く吹いているのだろう。あの波音は、どんな風に鳴っているのだろうか。学校からの帰り道、いつも海を見ながら想像するけれど、はるか彼方の記憶はうまく結びつかない。

私は先天性難聴だった。幼い頃は軽度だったから、わずかな音の像が耳元に届いていたのだけれど、それもゆっくりと遠のいていって、やがて失われた。

17歳の今はもう音のない世界に生きている。

家に帰ると、庭先で母がハサミを手に待ちかまえていた。子供の頃から私の髪は、月に一度、母が切りそろえるのが習慣になっているのだ。といっても、前髪とえりあしを切りそろえるだけのおかっぱ頭だから、20分もかからない。

〈希美《のぞみ》ったら、いつもより遅いから心配しちゃった！〉

顔をのぞきこみ、手話で語りかけてくる母親にうなずいて、手指を左胸にかざして右胸にスライドさせる。

〈だいじょうぶ〉

仕方のないことだけれど、母はなにかと過保護なのだ。でも、臆病な私にとってはそれがラクちんで居心地よくもある。

庭のイスに座らされ、手鏡を渡されたけれど、自分の顔は見ない。私には、鏡を見る習慣がない。それは年頃といわれる今となっても変わらない。あんまり自分の顔が好きじゃないのだと思う。表情に乏しいし、何だか暗い感じがする。

私は、この町からほとんど出たことがない。それどころか、小学校から高校までエスカレーター式のろう学校と家を往復するだけの日々だ。学校の友だちはいるけれど、それほど深入りはしていない。

人と一緒にいるよりも、パソコンと向き合うほうがずっと楽しい。唯一の趣味は、SNSのコミュニティサイトに参加すること。「恋愛マニア」というコミュニティサイトに、私はハンドルネーム〝リリコ〟として登録している。実生活の人間関係では語りづらい、自分の恋愛について相談し合う。このサイトにおいて、リリコは、〝恋愛経験が豊富な28歳のOL〟という設定で、恋に悩む人たちの相談にのっている。どんなお悩みにも辛口でばっさり斬り込み明快な答えを出すリリコは、このサイトではちょっとした人気者だ。

たとえば、こんな感じ。

(気になる人と何度かデートしたのですが、彼にどう思われているか分かりません。どうしたらいいですか?)

(3回デートして何も起こらないなら、待っていても永遠に何も起こらないわ)

(望みがないってことですか?)

(そうね。彼はまだ積極的な好意はない。でも、デートに応じてくれるんだから、望

みはゼロじゃない）

（どうしたらいいんですか）

（そうね。帰り際にあなたからキスしてみたら？）

さまざまな恋愛マニュアルを読みこんで、拾い集めた言葉を思い出しながら打ちこんでいる。

恋愛経験もないのによく言うなって、思わず、自分にツッコミを入れて苦笑してしまう。けれど、当事者にとっては十分にありがたいようで、やたらと感謝されるのだ。それが何だか嬉《うれ》しくて楽しかった。

恋愛は客観的にみれば、たいてい最初から勝負が決まっているし、マニュアル本通りに進む。シンプルで普遍《ふへんてき》的なものなのに、どうしてみんなはこんなにも悩むんだろうと思っていた。私自身はまだ恋をしたことがないから、実感がないけれど。

潮風が強い日だったせいか、髪の毛は湿り気をおびていて、切りづらいのだろう。母が苦戦していると、叔母の〝千笑《ちえみ》ちゃん〟がやってきた。バスタオルをまかれてテルテル坊主のようになって座っている私の顔をのぞきこむと、ゲラゲラ笑いだした。

「前髪切りすぎだよ」と千笑ちゃんの唇は動いているようだ。そして、何やら母の腕をひっぱって相談し始めた。何だか不吉な予感がした。

千笑ちゃんは、いつもこうだ。母の5歳下の妹でデザイナーをやっている。30代も半ばなのに独身で、仕事と洋服と旅行が大好きな自由人。明るくて豪快でわけへだてがなく面倒見がいい。姪《めい》っ子《こ》である私のことも、彼女なりに可愛《かわい》がってくれているのは分かるのだけれど、無神経に私の世界にどんどん踏み込んでくるところが怖くも面倒くさくもある。

私の難聴をさほど気にしていないのか、手話をあまり覚えてくれず、普通に話しかけてきたりする。そりゃ、読唇術《どくしんじゅつ》だって身についているし、千笑ちゃんの唇が大げさな動きをしているのを見ると、伝えようとしてくれる熱意は伝わる。実際に言ってることだって8割くらいは理解もできるのだけれど……。

母と話がついたのか、千笑ちゃんは満面の笑みで私の前に座った。

〝ビヨウシツにイコウ〟……唇は、まちがいなくそう動いている。

私は、驚いて、首がちぎれそうなほど横にふった。

春休みに入ってすぐ千笑ちゃんに連れられて、そのサロンを初めて訪れた。海沿いに建つ瀟洒《しょうしゃ》な洋館を改装した店舗は、まるで、海外映画に出てくるような開放感のある造りになっている。海に面する部分は、ほとんど全面が窓になっていて、レースのカーテンで遮らないとまぶしいくらいだ。

店内を行きかうスタッフもみんなオシャレで明るい人たちばかりで、何だか気おくれしてしまう。千笑ちゃんの後ろに隠れながら店内に入り、案内された席に座りうつむいていると、担当の美容師がやってきた。自分の胸のネームプレートをさわりながら、ゆっくりと唇を動かして話す。

「はじめまして、シンです」

大人の男の人の匂《にお》いがした。父親以外に大人の男性に会うことなんて、そうそうない。私は気恥ずかしくなって目を合わせないようにしながら頭を一瞬だけあげて、ぎこちなく微笑み、またすぐにうつむいた。あとは、おしゃべり上手な千笑ちゃんがコミュニケーションをとってくれるだろう。それに、こちらが人見知りまるだしでもシンさんは意に介さない雰囲気で、にこやかに千笑ちゃんと談笑しながら鋏をもつ手を動かしている。

私は鏡の中の自分を極力見なくてすむように、メガネを外して視点をぼかしていたのだけれど、肩をたたかれて振り返ると、「できましたよ」とゆっくりと唇を動かすシンさんが、後ろ髪を映すための鏡を持っていた。

メガネをかけておそるおそる鏡の中の自分を見ると、そこには、私の知らない私が映っていた。何だか軽やかで風通しがいい。髪は染めたわけでもないのに陽《ひ》に透けてキラキラしている。ごく普通の大きさである自分の目が大きく見える気がして、思わずメガネを何度もかけたり外したりしてみる。

鏡越しに、そんな私の姿を嬉しそうに見つめるシンさんの笑顔に気付いた。お礼を言おうと、振り返って初めてシンさんとまともに目を合わせた。シンさんの瞳は海のように穏やかながらも輝いていて、私は吸い込まれるようにその笑顔を見つめていた。

初めて男の人に出会った気がした。人魚姫が初めて見た人間である王子様に恋をしたように、私もその時、シンさんに恋をしたのだ。

月に一度。シンさんのもとに髪を切りに行くようになって以来、毎日、鏡を見ている。別に、ナルシストになったわけじゃない。シンさんが切ってくれた髪が嬉しいから、シンさんに触れられた髪を見ていたいから、鏡が好きになったのだ。だけど、鏡を見ると、ちょっぴり切なくもなる。

（はたして私は、可愛いのだろうか？）と不安に思う。シンさんのような大人の男性の目には、どんな風に映るんだろう。やっぱり、子供っぽいのだろうか。それに、可愛い子ばかり見慣れているから、私なんて地味でさえない部類なのは間違いない。

私は、生まれて初めて可愛くなりたいと願った。

ぶあついレンズの眼鏡をやめてコンタクトにして、自分にいちばん似合う色の服を探した。洋服のお店に行けば、いつも何となく黒や紺やベージュばかり選んでいたけれど、今は鏡の前で、お店にある全ての色の洋服を自分に合わせてみたくなる。一緒にいた千笑ちゃんと店員さんも、同じピンクでもブルーでも、私には少し冷たくて淡い色が似合うのだと言った。ブルーなら透明感のあるペールブルー、白やピンクでも、角度によってはブルーがかっているように見える陶器のような淡い色がいいという。たしかに、肌の白い私の顔にはよくなじむようで、身につけると無性に嬉しい気持ちになる。

それから、用事もないのに外に出たくなった。家にとじこもっていれば可能性はゼロだけど、外に出れば、お休みの日のシンさんに会える可能性だって多少はあるのだ。

自転車にのって、海岸沿いをあてどなく走る。シンさんの店までたどりつくと、海側の堤防に隠れて、そおっと店内をのぞきこむ。シンさんがベランダまで出てきた時は、ズームして写真をとったりもした。そんな自分は（まるでスパイみたいだ！）と思いつくと可笑《おか》しかった。

〝月の一度のお楽しみ〟が待ち遠しくてたまらない。この日のために、私の毎日はある。ダイエットして丁寧にスキンケアを行って、コンタクトに変えた。千笑ちゃんに買ってもらった服も、毎日、鏡の前でファッションショーをしてスタンバイOKだ。

突然、行動的になった私に、両親は驚きながらもとても喜んでくれた。でも本当は、少しだけ心配もしていたと思う。だって、私の変化はあまりにも極端《きょくたん》だったから。

お店に通うようになって、4回目。梅雨があけて夏が始まろうとする頃だった。千笑ちゃんに買ってもらった白のコットンレースのワンピースに、海風はまだ肌寒いからとペールブルーのカーディガンをはおった。コンタクトはまだつけ慣れないけれど、シンさんに会う時は絶対にこっちだ。シンさんのお店がもうすぐ開店3周年を迎えると聞いて、母親に手伝ってもらって、唯一うまく作れるお菓子のマフィンを作ってラッピングしてバッグに忍ばせた。

店に着くと、いつものように笑顔で私を迎え入れてくれたシンさんは、何やら恥ずかしそうに躊躇《ちゅうちょ》しながらも、大きく息を吐くと、両手を胸元までもちあげて、ゆっくりと手話をはじめた。

〈久しぶり、元気だった？〉

シンさんはテレ笑いを浮かべながらも手話を続ける。

〈また、あなたに、会えて、嬉しいです〉

私は、その瞬間、頭が真っ白になった。なぜ、シンさんは突然、手話なんてしているんだろう？

茫然《ぼうぜん》として、うまく笑顔が作れない。ふと、店内の客やスタッフの視線を集めていることに気付いて、ますます、動揺してしまう。

一歩も動かずに立ち尽くして、わなわなと小さくふるえている私を、シンさんは、最初は不思議そうな顔で見ていたものの、やがて察したのか、その瞳にはあわれみのような色が浮かんだ。見たこともない目の色に、私はいたたまれないような気持ちになって、店を勢いよくとびだした。

恥ずかしさと悔しさと切なさと、どうにもならないような感情に突き動かされて、私は頰《ほお》をつたう涙を風でふき飛ばすほどに自転車を漕《こ》ぎ続けた。

本当は分かっている。シンさんが手話を使ったのは、まぎれもない優しさであり好意なのだ。それを、私はつたない自分の思いこみと弱さで踏みにじったのだ。シンさんは、きっと傷ついているに違いない。そう思うと、息が詰まって呼吸困難になるほど苦しくなった。

でも、たとえこれがシンさんの純然な好意であり深い優しさであったとしても、私のためにわざわざ手話を覚えて使われたことで、区別された気がしたのだ。障がいを持つ私を差別したわけではなく、別の世界に住む人間だと線を引かれた。〝恋愛対象にはならない〟と言われているような気がした。

傷ついてやるせない気持ちは消えないけれど、シンさんを責める気持ちはみじんもない。

だけど、私は17歳にして初めて味わった、あの希有《けう》なうきうきとした感情を急に摘み取られてしまったようになって、すっかり気力を失っていた。それに、私の唐突な行動がシンさんを傷つけてしまったのは事実なのだから、それもバツが悪い。

私は1か月以上過ぎても、サロンに行く気になれずにいた。それどころか、もう二度と行けないかもしれない。母のもとにはシンさんから何度か電話があったと聞いたけれど、私は反応しなかった。

そうして、逃げたまま眠れない日々を過ごしていると、ある日、シンさんから手紙が届いた。母に差し出された手紙の封筒には、手書きで私の名前が記されている。

郵送ではなくて、家までわざわざ届けにきてくれたのだという。

希美ちゃんへ

この前は、突然、手話で話しかけてごめんなさい。

そんなことすれば、希美ちゃんが変に注目されて、不愉快な思いをするだろうと、スタッフにも叱《しか》られました。本当にごめんなさい。

ただ、これだけは分かって欲しいです。

希美ちゃんは、俺にとって特別なお客さんなんです。


実は、ちょっと前までずっと俺は仕事に行きづまっていました。

専門学校を出て店に入ったばかりの頃は、とにかく必死でした。

念願のスタイリストになって、お店も持つことができて夢が叶《かな》ったはずだったんだけど。

お店を持つということは、ただ髪をカットしてスタイリングをしてるだけじゃダメ。

スタッフを育てること、スタッフの生活を守ること、お客さんを増やすこと……。

あらゆることをこなさなくてはいけなくて、正直、うまくいかないことがたくさんあって、いっぱいいっぱいだった。

そんな時、希美ちゃんがお店に来てくれた。
希美ちゃんの笑顔を見て、〝原点に返らなきゃ〟って気付かされたんです。
僕らはお客さんに喜んでもらってなんぼの仕事だって。
経営のことばかり考えてないで、まず、お客さんの笑顔を大事にしよう。
それを徹底しようと決めてから、不思議と店にも活気が出てきて。
今は、お客さんもスタッフも笑顔です。
きっかけをくれた希美ちゃんには本当に感謝しています。
だから、希美ちゃんは特別な人なんです。

よかったら、また希美ちゃんの髪を切らせてもらえませんか？
心よりお待ちしています。

長瀬慎一より

手書きの文字のひとつひとつから、シンさんの優しさや気遣いが伝わってきて、涙があふれて止まらなかった。〝特別な人〟という言葉が、しおれかけていた心をしめらせてくれる。

いつどこにいても、誰かのお荷物になってばかりの私。この先もずっとそうなんだと思っていた。

耳が聴こえない私でも、必要とされる人間でいられるのだろうか。

それも、大好きな人に必要だと思われる人間になりたい。

私は、ふたたびシンさんの店に通うようになった。久々に会った時は、私から手話を使った。

〈シンさん、手話を使ってくれて嬉しいです。また、手話で話してください〉

と気持ちを伝えると、シンさんは、目を細めてとても嬉しそうに笑った。

〈僕はまだまだだけど、手話ってとても美しい表現だなって思います〉

シンさんは、左手の手のひらに右手の手のひらをのせて、右へすべらせる。〝美しい〟という手話はたしかに、清々《すがすが》しくて美しい。

シンさんと出会ってから、家でも学校にいてもいつも彼のことを想像している。

彼とデートしたらどんなだろう？　彼は私のことをどう思っているんだろう？

頭の中にいろんな色の夢や妄想《もうそう》がかけめぐったり、混じり合ったりして。一人でいても、何だか胸がいっぱいになるし、全身は熱くなるしと、心身が大忙しだ。

唯一の趣味だったSNSをめったに開くこともなくなっていたのだけれど、そのうち、心の中が泥沼のようにぐちゃぐちゃしてきた。

なにしろ、恋愛経験がないから、初めての恋愛の答えなんて当然見つからない。一人で妄想していると、それは、次第にネガティブ方向へと加速しながら転がっていく。

私はSNSに久しぶりにログインした。

〈お久しぶりです。リリコです！　最近恋をしています。相手は担当の美容師さん。まだ、片想い中ですけど、お客さんと美容師が恋に落ちるってあるのかな？〉

すると、５分後、次々に返信が返ってきた。

〈美容師さん？　モテるに決まっているじゃないですか〉

〈美容師って遊び人が多いよ〉

〈お客さんにとってはアイドルみたいな存在だから、1人のお客とは付き合わないです〉

〈恋愛マスターが、どうしちゃったんですか？〉

暗い気持ちになって、返信もせずにログアウトした。

恋愛とは当事者になってみると、見える景色も感じるものもまったく異なることを知った。喜びも迷いも痛みも、その恋の当事者にしか分からないものなんだ。


「今夜、時間ある？」

高校が夏休みに入ってから、サロンに行った日のこと。髪を切っている途中にシンさんに誘われたのは、たまたま、その夜に行われるという地元の夏祭りだった。神社を起点に、海岸沿いの道から砂浜まで、にぎやかな出店が数多く出る、このあたりでは、いちばん大きなお祭りだ。店が終わったら、スタッフやその友人たちと一緒にその夏祭りに行くのだという。

誘われたことが嬉しくて、鏡の中の私は、崩れそうなほどに顔がほころんでいる。家に戻って大急ぎで母親に浴衣を着つけてもらい、夜、また店に行って、シンさんに初めて髪の毛を結いあげてもらった。

夜に海沿いの道をシンさんと一緒に歩けるだけで嬉しい。海風がうなじあたりをなでていくのが、何だかこそばゆくて恥ずかしい。

神社にたどりつくと、そこには、スタッフ以外の数人の男女が待っていて、中に1人、とても綺麗な女性がいた。

さらりとした黒髪のロングヘアに七分丈のホワイトデニムがとても似あう華奢《きゃしゃ》な女性。はっきりとした目鼻立ちながら、冷たさの感じられない美しい顔立ちだ。思わず見とれていると、彼女はシンさんのもとへかけより、軽く手を握りながら言葉を交わした後、私のほうを向いた。笑顔を浮かべながら会釈をして、たどたどしい手話で語りかけてくる。

〈はじめまして。矢代《やつしろ》かえでです。シンから聞いています〉

彼女はいったい誰だろう？　シンさんの何なんだろう？　心の中でつぶやいたものの、答えは何となく分かっていた。

〈シンはいつも希美ちゃんの話をするの。ありがとう〉

無理やりでも口角をあげるのが精一杯だった。茫然と立ち尽くしていると、シンさんがそばにきて言った。

〈かえでは僕の婚約者です。希美ちゃんに会わせたかったんだ〉

その後のことはほとんど覚えていない。頭の中の騒がしい妄想ストーリーも、心の中にあった薔薇色《ばらいろ》の霧も一気に吹き飛んで、私の頭は真っ白になった。

ただ、ずっと口角《こうかく》をあげて、足もとがおぼつかないように注意深く歩いた。周りに平然として見えることだけに全力をそそいで家までたどりついた。

一人になったら、思い切り声をあげて泣きわめこうと思っていたのに、そんな気力すら残っていなくて。やむことのない小雨のように、あとからあとから静かな涙があふれ続けた。

ひと晩じゅう、泣きあかしてから、ＳＮＳにアクセスしてみた。

〈美容師の彼には、婚約者がいました。ショックです〉

優しい言葉や励ましのアドバイスを期待していたわけではない。自分だけの胸のうちにしまっておいたら、どんどん固まって腐ってしまいそうな想いを誰かに揺さぶって欲しかったのだ。

30分後にもう一度、ＳＮＳを開くと、いくつかの返信があった。

〈やっぱり、美容師は無理なんだよね。モテるんだから〉
〈婚約者ってことは、普通の恋人じゃないよね。将来を約束した人なんだから〉
〈恋愛マスターのリリコさんがいつも言ってるように、望みのない恋愛なんてどんどん捨てて、次いこう！　次！　ですよ〉

自分の心の中の声を、ＳＮＳのメンバーたちにそのまま言い当てられた気がした。

ただ、ひとつだけ異なるのは、この恋は私にとって初めての恋だったということ。彼は、私の目に映るものすべて、私の世界を鮮やかに変えてくれた、特別な人なのだ。

初めての恋だから、どうやってあきらめたらいいのかも分からないし、いつか忘れられる日がくるなんて想像もつかない。

私はまたヘアサロンに行けなくなってしまった。シンさんから母親あてに電話があったり、千笑ちゃんづてに伝言をもらったりもしたけれど、どうしても行く気になれなかった。

シンさんは、私がお店に行けない本当の理由を分かっているのだろうか。私の恋心に気付いてたのだろうか。実は気付いていてあきらめさせようとして、わざわざ彼女を紹介したのだろうか。

頭の中でさんざん想像してみるものの、やはり、答えはいっこうに見つからなかった。

シンさんから結婚式の招待状が届いたけれど、すぐに、欠席にマルをしてポストに投函《とうかん》した。

9月も終わる頃、家に遊びにきた千笑ちゃんが、珍しく丁寧な手話で私に語りかけた。

〈明日は、彼の結婚式だよ。おめでとうって言ってあげたら？〉

〈今は辛いかもしれないけれど、後で後悔すると思うよ〉

〈シンさんと出会って希美はすごく変わった。片想いかもしれないけど、希美を変えてくれた人でしょう？　それって素晴らしいことじゃない〉

その通りだと思った。手を繋《つな》ぐどころか、2人でデートしたことすらないけれど、私は彼と出会って、初めて恋をしてみたいと思ったし、生きることが楽しくなった。もっと、世界を知りたいと心から願ったのだ。

夕暮れ時。まだ、店は開いているはずだ。私は千笑ちゃんの言葉を聞いて、どうしてもシンさんにおめでとうとありがとうを言わなければという気持ちに駆られて、自転車に飛び乗り、海岸沿いの道を全力で漕いだ。伸びすぎた前髪がおでこにはりつき、目もとまでかかって視界が遮られたけれど、気にせずに息をきらしながら漕ぎ続けた。

到着する頃には、辺りは薄暗くなり始めていた。海はとても静かで、曇り空のせいか、夕陽が見えない。辺り一帯が、淡いブルーの靄《もや》に包まれているよう。

店には、灯《あか》りはともっておらず、ドアには定休日の札がさがっていた。

どうしても、彼の結婚前に〝おめでとう〟を言いたくてたまらなくなっていた私は、シンさんの姿を探して海側に回り込み、店のベランダから窓に近づいた。

窓は開いていて、その先には、明日、かえでさんが着るであろうウエディングドレスがトルソーに飾ってあるのが見える。首元までレースになっているロングドレス。もっと間近で見てみたくて、吸い込まれるように店内に忍び込んだ。

暗がりでもまぶしい純白のドレスには、夢のように薄く繊細なレースが使われていて、すっきりとしたシルエットは大人っぽい。胸元には、ブルーの薔薇の小さなブローチがついている。思わず、その薔薇に手をふれると、突然、トルソーが転倒した。

その衝撃に驚いて、一気に動悸《どうき》が激しくなった。1人で持ち上げるには重いトルソーを何とか起こすと、胸元についていたブローチが取れている。あわてて、辺りを捜すと、ベランダ近くまで弾《はじ》け飛んでいたのを見つけた。留め金を確認して、ドレスに戻そうとした時、人の気配がした。2人くらいで、何やら言葉を交わしながら、正面のドア付近まできている。私は、青い薔薇を握り締めたままで、あわてて、ベランダから逃げ出した。

家に戻ってからも、シンさんにはもちろん、誰にも本当のことを告げる勇気はない。

ふと、「ウエディングドレス、青、ブローチ」でパソコンを検索してみると、〃サムシングブルー〃というワードがでてきた。

『サムシングブルー』

青いものは、純潔や清らかさの象徴。花嫁が何かひとつ、青いものを身につけると永遠に幸せになれるという。ヨーロッパのおまじない。

どうやら、とても大切なものを持ってきてしまったらしい――。

私は、さんざん悩み考えたものの、やはり返しにいくこともできず、本当のことを告げる勇気もなく、小さな青い薔薇を罪悪感と一緒に引き出しの奥にしまいこみ、もう、見るまいと決めた。それから、何年も経つが彼には一度も会っていない。

希美ちゃんが初めて店に来たのは、僕が店をはじめて3年めの春だった。

10代や20代の頃、僕にとって未来はいつも遠くにあって夢見るべき輝かしいものだった。でも、30歳で店を持ってからは、いつしか目の前の現実に向き合うことに精一杯になっていた。ヘアスタイリストになることも、海沿いに自分の店を持つことも、大切な夢は思いの外、スムーズに叶った。

でも、夢は現実になったとたんに輝きを失った気がした。

信じるものを貫きたいから、この道を選んだのに、実際は、思い通りにいくことなんてほとんどなくて、とにかく今月も赤字を出さず、サロンをどうにか経営していかねばならない。夢は実現してからのほうが、長く険しい道のりがあり、ホントの勝負なのだけど、その現実の重さに辟易《へきえき》していた。

「未来のことは分からないから、今を精一杯生きるしかない」と人はいう。

正論だけど、それって自分には輝かしい未来があると信じられてこそではないか。幻でもいいから、自分の未来を夢見ずして、どうして人は現実を生き抜けるのだろう。

大人がくたびれていくのは、夢を見なくなるからなのかもしれない。僕は30歳を過ぎたばかりなのに、すっかり自分がくたびれてしまった気がしていた。そんな時に、僕の前に現れたのが希美ちゃんだった。

初めて会った時は、とても小さい女の子のように見えた。体の大きさのことではなくて、たたずまいのことだ。

希美ちゃんは、今時の高校生とは思えないほどにあどけなくていたいけだった。内気でシャイなのか、ずっとうつむいていて、時折、影のある表情をかいまみせる。

長年の顧客である千笑さんから聞いて、希美ちゃんに聴力がほとんどないことも知っていた。初めての美容室だと聞いて、僕は緊張しながら希美ちゃんに仕上げのハサミをいれた。

仕上がりを鏡で見た時の希美ちゃんの嬉しそうな顔は、忘れられない。

まるで、この世界と初めて対面したかのように、瞳を大きく見開いて、頰を紅潮させていた。言葉では言わずとも、いや、言葉では何も言わないからこそ、希美ちゃんの心が鮮やかに変化したことが分かって嬉しかった。

千笑さんからも、希美ちゃんは髪を切ったあの日以来、急に行動的になって、毎日楽しそうだと聞いていた。

それから、希美ちゃんは僕に「憧《あこが》れている」っていうことも聞いていた。

僕に限らず、美容師に憧れる女の子や、恋心を抱いてくれる女性は少なくない。実際にデートに誘われたり、告白されることもある。それは、女子高生が先生に憧れるようなものだ。非日常とまでいかずとも、日常とは少しだけ離れた場所にいて、髪を触れられる距離の異性であり、綺麗になりたいという小さな夢を叶えてくれる男だからこそ、抱く想いだろう。

こちらもそれが分かっているから、身近なアイドルとして、理想の男像を演じたりもする。はっきりとした好意を向けられてもあまり重く受け止めず、笑顔でかわす。

でも、希美ちゃんは美容師を好いてくれるお客さんの中でも、少し違って見えた。あまりにも無防備だ。内気なのに、鏡越しに僕をぬすみ見る視線は、まっすぐで強くて。髪を切るたび、僕と話すたびに、まるで太陽を浴びたばかりの朝顔のようにいきいきしていた。そんな姿を目の当たりにすると、こちらまで無邪気で希望に満ちた気持ちになる。

彼女が新しい世界に出会って驚いたり、喜んだりしているのを見ると、彼女はもちろん、僕の未来も、やはり輝かしいものではないかと思えてくる。

常連客の中でも、希美ちゃんは〝特別な存在〟だからこそ、夏祭りにも誘ったし、婚約者のかえでも紹介した。

でも、それが、彼女を傷つけるキッカケになるなんて。希美ちゃんにとって、僕は、ただの憧れの年上の男だと思っていた。恋愛なんかじゃないはずだ。

でも、あれ以来、二度と会えなくなるなんて。

僕にとって、喪失感は大きかった。僕は希美ちゃんを女性として見ていたわけではなかったと思う。でも、可愛いかった。愛《いと》しいって感じていた。そして、羨《うらや》むほどに、まぶしかった。

「シンさんに出会って希美の人生は変わった」

そう千笑さんは言ってくれたけれど、僕の未来も彼女に出会ってたしかに変わったのだ。

あれから僕は予定通り、長年、僕を支えてくれた婚約者と結婚したけれど、サロンを経営するかたわら、新しいこともはじめた。ボランティアで、心と身体に病を患っていたり、障がいを持っている人たちのいる施設をめぐり、リハビリの一環として髪を切ったり、メイクをほどこしたりする活動をするようになった。

これは、希美ちゃんとの出会いがもたらしてくれた、新しい道だ。

でも、あれから、一度も会えていない。

♥

高校を卒業して10年が経《た》った。

今日は私の結婚式だ。結婚式だけはどうしても地元の海辺の教会で挙げたくて、昨日、実家に帰ってきたのだ。

あれから、私は東京に出てイラストの専門学校に通い、子供の頃に夢見ていたイラストレーターになった。雑誌やＷＥＢで少しずつカットを描かせてもらえるようになり、最近は時々、書籍の装丁や挿絵も手がけるようになった。細々とだけど、食べていけるようになった頃に、出会ったのが今の彼だ。

編集者とイラストレーターとして出会った私たちは、最初は仕事仲間としての絆を育《はぐく》み、やがて、友情が芽生え、その友情はかけがえのない愛情に変わった。そのゆっくりとした速度が、生来、内気な私には心地好かった。

旦那さんになる人は、あの初恋以来、私が初めて好きになった人であり、初めて両想いになれた人。

控室でウエディングドレスを身につけながら、あの青い薔薇のことを思い出していた。私のドレスには、母が小さな青い花を刺繡《ししゅう》してくれたのだけれど、それを見ると古傷が疼《うず》くように胸が痛んだ。

かえでさんのドレスから持ち帰ってしまった〝青い薔薇のブローチ〟は、いまだに引き出しの奥にしまいこんでいるものの、ずっと忘れられずにいた。

シンさんとかえでさんの〝幸せ〟を盗んでしまったような気がして。

自分が幸せを感じた時も、あるいは、落ち込んだ時も、折にふれ、引き出しにしまった青い薔薇が思い浮かぶ。

ドレスの着つけが完了してメイク台の前に座ると、ドアがゆっくりと開いた。

千笑ちゃんとともに現れたのは、なんとあのシンさんだった！

突然の登場に驚きすぎて、まるであの頃のように心臓がつかまれて頬が赤らんだ。

〈サプライズプレゼント！　今日のヘアメイクはシンさんなの〉

千笑ちゃんは、満面の笑みで手を動かす。

10年ぶりに会えたシンさんは、変わらない優しい笑顔だけれど、目じりには10年分のシワが刻まれている。

〈手話は覚えていますか？〉

涙をこらえながら、語りかけると、

〈もちろん〉

とシンさんは胸をたたいた。

〈久しぶり。元気だった？　また会えて嬉しいです〉

シンさんのゆっくりとした手の動きと笑顔には、10年分のいろんなものがこぼれそうなほどに満ちている。私は、ずっと気にかかっていた、あの質問をした。

〈その後、幸せでしたか？〉

シンさんは、唇を動かしながらも、右手を親指と4本の指に開き、閉じながらあごをなでおろした。

〈幸せです〉

答えは、再会して、その目を見た瞬間にもう分かっていたのだけれど、直接、聞きたかったのだ。

〈良かった！　私も幸せです〉

片想いスパイラル

渋谷《しぶや》のスクランブル交差点に立って信号待ちをしていると、ソヨンは不思議と安堵《あんど》する。まだ数回しかココにきたことがないにもかかわらずだ。着こんだ黒の革ジャンにタイトなダメージデニム。えりあしがほとんど刈り上げられているような短い髪にシルバーのピアス。手のひらほどの小さな顔に長い手足。ハードなたたずまいにもかかわらず、その顔色は人目をひくほど白く、眼光はやや鋭いが、瞳は大きく潤んでいる。

ソヨンが生まれ育った韓国では、街を歩いているだけでも好奇の目を向けられてきた。

とはいえ、それは単なる好奇の視線ではない。ソヨンを目にした人は、まず、彼女が飛びぬけて美しく、強力なオーラを発していることに一瞬で惹《ひ》きつけられるのだ。注意を向ければ、そのエネルギーは強いだけでなく憂いも含んでいるから、思わず、上から下まで穴があくほど眺めてしまう。

そして、同時に思う。この人物は男性かと思っていたけれど、女性なのだろうかと。女性なのに、男性の恰好《かっこう》をしていることへの疑問と好奇が後からわいてくるのだ。

当のソヨンは、まさか、自分が人を惹きつけてやまない魅力の持ち主だとは思っていない。ただ、男性か女性か一見してわかりづらい自分、男性でも女性でもない自分への好奇や興味から、他者は視線を向けてくるのだと思い込んでいた。

もちろん、からかい半分の目線でソヨンを遠くから眺めたり、あるいは、下世話な関心から近づいてくる人物も少なくないけれど。

「お前は何者だ」という視線を向けられたところで、ソヨン自身も、自分が何者なのか、本当のところはわからない。袖とスカートのふくらんだドレスよりも、迷彩柄のワークパンツをはいているほうが、自分の歩き方には似あっている。２つの乳房はふくらんでいるし、その乳房が生理前に張って痛んだとしても、ブラジャーをつける気分にはとうていなれない。

いつも選択を迫られている気がするのだ。トイレは、どちらに入ればいいのか。ネットの会員登録も、心理テストだって、最初のチェックボタンは２つ――。

男なのか女なのか問われ、いずれかを選択せよと迫られているような圧迫感を感じている。どちらも選べない自分は何者なのだろう——。

ソヨンは、自分の症状や味わっている複雑な感情が、「ＧＩＤ」と呼ばれるものからくるものであることは知っている。Gender Identity Disorder——日本語では、「性同一性障害」という病名だ。辞書によれば、〝生物学的には性別があきらかであるにもかかわらず、心理的にはそれとは別の性別であるとの確信をもって、自己を身体的および社会的に別の性別に適合させようとする〟障害なのだという。

たしかに、言われてみればあてはまるし、こうして、括《くく》られてしまえば、どこか安心感を覚える。でも、一方では、障害とか病であると言われることに、ソヨンは疑問を感じるのだ。自分が何者であるか、何のために生きて行くのか、自分なりの答えはまだ見つかっていないのに、なぜ、括られなければならないのだ。

韓国の大学を卒業したばかりのソヨンが隣国である日本の大学に1年間留学を決意したのは、ここなら自分にも居場所があるように感じられたからだ。

中学時代に初めて日本を訪れた時、渋谷のスクランブル交差点や原宿《はらじゅく》の竹下《たけした》通りを歩いたら、いつも注がれていたあの好奇の目を向けられなかった。街には、極端に丈の短いスカートの女子高生、羽根を背負った男の子、セーラー服をきてヒゲをはやしたオジさんもいた。韓国だって、似たような雑踏はあるけれど、渋谷や原宿には、ほどよく他人に無関心な空気が流れていて、ソヨンにとってはそれが心地よかった。

あらゆる人種やファッションの人々がごった返す中、他者を眺めたり、話しかけたりしないのはもちろん、目を合わせようとすらしない。それでいて、誰かにぶつかることもなく人ごみをすり抜けて行く。

ソヨンは道がわからない時に、何度となく英語で日本人に話しかけてみたが、ほとんどの人がつたない英語しかしゃべれないにもかかわらず、ジェスチャーをまじえながら、親切に教えてくれた。

テレビをつければ、女装した男性のタレントたちがバラエティ番組の真ん中で大爆笑をとっているだけでなく、ニュース番組のコメンテーターとしても活躍している。

ソヨンにとって日本は、普段はよそよそしくクールなのに、いざという時にはあたたかくて親切な国。そして、小さくとも自由でキラキラしている国なのだと感じられて、どんどん憧《あこが》れを募らせていった。

あの国には自分の居場所があるのかもしれないという気がした。

だから、10代半ばから必死で日本語を勉強して、大学の授業を受けられるレベル

（といっても、理解できるのは7割だけど）にまで到達した。

ソヨンが日本にきて、住居に決めたのは、同じ大学に通う男女が10人ほど住んでいる〝シェアハウス〟だ。家賃の節約になるし、日本語の勉強にもなる。女子が7人、男子が3人だという人数の割合もなんだかちょうどいい。

入居初日、23区内とはいえ、東京のはずれにあるシェアハウスにソヨンがたどりつくと、リビングでは、数名の女性入居者がくつろいでいた。ドアを開いて、ソヨンが姿を現すと、いっせいに注目が集まった。ソヨンは、女子大生たちの視線が、韓国で受け続けたものと同じ類のものであることを感じて、心底、がっかりした。

女子大生の視線は好奇を含んではいたものの、単純に圧倒的に美しいものを見た時の畏怖の念であり、少女マンガのヒーローや宝塚のトップスターに現実で遭遇した時のような憧れに似たものだった。

とはいえ、女子大生たちは、視線とともにぎこちない笑顔を向けるだけで、誰ひとりとしてソヨンに近づく勇気のあるものはいないから、ソヨンには伝わりようもない。

ソヨンはいたたまれない気持ちになって、部屋のすみにぽつんと置いてあった椅子に座り、タバコに火をつけようとすると、今、リビングにきたばかりの1人の小柄な女性が近づいてきた。

「あの、ここ、禁煙なんですけど」

「え？　女の子なの？」

「あ、すみません」

ユキのまのぬけた問いに、他の女子たちは一様に驚いた顔をしていたが、ソヨンはそのひとことで緊張がほぐれた。無言でうなずくと、ユキは、なにごともなかったような顔をして手まねきした。

「こっちこっち。ここね、ベランダだけは、タバコOKなの」

「いい機会だから、タバコやめようかな」

「それもいいかもね。……えっと、今日から入居するキムさんですよね？」

「はい」

「日本語めっちゃ上手ですね」

「ありがとう。ソヨンって呼んで」

ソヨンはユキに自分から手を差し出して握手を求めた。自分から握手を求めるなんて、警戒心が強くて人見知りのソヨンにとっては珍しいことだ。ソヨンはそんな自分に自分でも驚いていた。

「じゃあ、ソヨン。私は南野《みなみの》ユキです。大学入学からここに住んでいて、今、2年生。ここではわりと、ベテランかな。今夜、リビングで女子会やるんだけど、ソヨンもどう？」

女子会には、ここに入居している女子全員が参加していた。

最初は、好奇や憧れの眼差しでソヨンを見ていた人たちも、目を見て話せば、たいていの妙な誤解や過大な期待は解けていく。インパクトが強くて攻撃的なのは見かけだけで、その実、物静かでシャイなソヨンに、みんなは好感と親しみを抱いた。

しかし、一方では、ヘテロセクシャル、いわゆる普通の男女が無意識にソヨンに持つ〝自分とは異なる特殊な人間だ〟という、ある種の差別心は簡単に消えない。

だから、好意にくるみながらも、ソヨンに失礼なことを聞いてくる人は老若男女問わずたくさんいる。おもには、恋愛に関する質問だ。

「男と女はどっちが好きなの？」

「男には、性的に興奮しないの？　女には興奮するの？」

少しでも距離が近づくと、すぐにそういった類のことを聞いてくる人は多い。ソヨンは、そのたびに腑に落ちない気持ちになる。遠巻きに眺められるよりはましだけれど、なぜ、そんな質問に答えなければならないのか。自分が〝特殊な人間〟だからか。

もしも、普通の男性や女性だったら、個人的な恋愛観や性的なことを質問することに、もう少し躊躇《ちゅうちょ》や配慮があるのではないかと思うのだ。

ＧＩＤだけじゃない、多数派とは違う人種――ゲイやレズビアンや女装家に対して、雑な扱いをする人は少なくない。相手が誰であろうとも、どんな性癖を持っていようとも、簡単にそんなに立ち入ったことを聞いてはいけないはずだと、ソヨンは思うのだ。

ソヨンは、自分が同性愛者だという認識はない。高校時代、まだ、自分の性に確信が持てなかった頃は、男の子と付き合ったたし、身体《からだ》の関係だってあった。性的に男性に興奮していたかと問われれば、正直まったくしなかったけれど、身体の構造上は女だから、受け入れることはできた。

では、女の子になら興奮するのかと聞かれれば、好みの女の子に限っては、おそらく、している。男のように興奮のサインがわかりやすく身体に現れるわけではないけれど、身体のすみずみまで熱くなるからだ。

でも、そんなことを他人に話す気にはなれない。すべては、ソヨンにしかわからない微妙な感覚だ。

しかし、この夜のシェアハウスの女子会に、そんな失礼な質問をするものは一人もいなかった。大学の名物教授の話、シェアハウスの淡い恋愛模様、原宿にあるパンケーキ屋に2時間ならんだ話……etc. パジャマのような部屋着をまとってソファやカーペットの上に転がり、みんなで他愛《たわい》もない話をして笑いあう。

中でも南野ユキは、とりわけよく笑っていた。まだ恋をしたことがないというユキは、BLの要素の入った少女マンガやライトノベルが大好きで、もはや古典ともいえる『ベルサイユのばら』のオスカルとアンドレに憧れているのだと熱弁していた。キスのひとつもしたことがないというユキの妄想《もうそう》は、意外と大胆で、シェアメイトたちを爆笑させた。

ソヨンは、何だかうまくやっていけそうな気がしていた。

そして、ユキを好もしく感じている自分に気付いていた。身体も小さいけれど、瞳もつぶらで唇も小さくて、何といたいけなのだろう。それでいて、誰に対してもフランクでわけへだてがないのがいい。

ユキは恋愛に関しては夢見がちで引っ込み思案だけれど、シェアハウスにおいてはしっかり者で通っているというのもわかる気がした。

ソヨンのそんな想いに気付くわけもない彼女は、酔っぱらって、まるで女子高生みたいなノリで抱きついてきて、ソヨンをときめかせた。そのうち眠くなったのかユキは一人、ソファに子猫のように小さくまるまって眠ってしまった。

ソヨンは大学に通い始めて、もうひとり仲良くなった人物がいた。学部は違うけれど、同じ哲学の授業を受講していた、瀬《せ》田《た》一《はじめ》だ。ハジメは、外国語学部韓国語学科に在籍していた。本気で韓国語を学びたいらしく、ソヨンの存在を知るや、好奇の目を向けることもなく、真正面から堂々と近づいてきた。

「はじめまして、ハジメです。韓国語を学んでいるので、仲良くしてください。何なら、個人レッスンしてください」（韓国語）

「個人レッスンはできるかわからないけれど、こちらこそ、仲良くしてください。あと、私にも日本語教えてね」

そんな風に出会ったソヨンとハジメはすぐに仲良くなった。ソヨンは率直で遠慮のないハジメと一緒にいると居心地がよかったし、また、ハジメも韓国語だけではなく、知識も思慮も深いソヨンに感心しているようだった。2人は目的だけではなく、話も気もあって、大学ではいつも行動をともにする友人になった。

ソヨンが日本にきて半年が過ぎた頃のこと、ハジメが韓国に行きたいと言い出した。

「そろそろ、本場のサムゲタン食べに行きたいなぁ。女優のパク・スジンさんに会いたいなぁ」（韓国語）

「無理だよ。まだ、ハジメの韓国語は幼児レベルだもん」（韓国語）

「早くソヨンの日本語くらいになりたい」（韓国語）
「それなら、私の個人レッスンよりも、語学留学のほうが早いと思うけど」（韓国語）
「ソヨンに借りた韓国語の小説、面白かったよ。マジでオレ好み」（韓国語）
「私はあの本の日本語訳と韓国語の原書を照らし合わせて読みながら、日本語を学んだんだよね」（韓国語）
「オレもそうしようかなぁ」
ソヨンとハジメは、小説の趣味が似ていた。ソヨンが今、夢中になって読んでいる、日本の歴史小説も、ハジメから教えてもらったものだ。幼い頃から、〝日本〟への憧れを募らせていたソヨンにとって、歴史小説は日本の魅力の奥深さを教えてくれるものだった。
「ソヨンみたいに歴史が好きな女性は、日本では〝歴女〟と呼ばれて、一時流行《はや》ったんだ」
ハジメはそういうけれど、果たして自分は女なのか、今ひとつ自信が持てないソヨンは、ただ、笑ってその言葉を聞き流した。
「あのさ、ソヨン。食事でも行かない？　いつも韓国語を教わっているお礼に、何でもおごるから」

「エイヒレのある居酒屋希望。池波正太郎《いけなみしょうたろう》先生の小説に出てくるような白魚の卵とじがあったらなおいいね」

「えっと、もう少しオシャレな店とか行きたくないの？」

「エイヒレ希望。マヨネーズと七味もあるか、店に確認してね」

「そういうのって電話じゃ聞きづらいよ」

ハジメは、大学から駅までの帰り道にある居酒屋を思い出しながら、かたっぱしから電話をかけて、エイヒレとマヨネーズと七味があるかを確認した。

「ありますか！　やった！」

店がやっと見つかって、ハジメが電話で予約をとりおえるや、道路の向こう側から「あっ！」という声が聞こえた。

ソヨンとハジメが向こう側を見やると、ユキがいた。ユキは、小さな体にはあまるほどの大きくて重そうな紙袋を両手に抱えて、よろめきながらこちら側にやってきた。

「そんなにたくさん何を買ったの？」とソヨンが聞くと、ユキは照れ笑いを浮かべる。

「バイトの給料日だったから、前から欲しかった本を買いに行ったら、ついつい他にも欲しい本が増えていって、止まらなくなっちゃった」

ソヨンは驚いて、思わず隣にいたハジメに聞いた。

「日本では普通のこと？」

「ラノベばっかりかもよ。そしたら、ありえる」（韓国語）

軽くハナで笑いながら韓国語で答えたハジメを見て、ユキはからかわれていることを察した。

「バカにしているんですか？」

「あ、すみません」

ばつの悪そうなハジメを制して、ソヨンが間に入る。

「これから飲みに行くんだけど、ユキも一緒にどうかな？」

「え、今から？」

「ユキ、エイヒレ好き？」

「エイヒレ？」

「魚のエイのヒレを乾燥させたやつ。マヨネーズと七味をつけて食べると美味《おい》しいんだ。焼酎も、日本酒もすすむよ」

「ソヨンたら、詳しい……。っていうか、オジさんみたい」

「今夜は、ハジメのおごりでエイヒレ食べ放題。こいつ、めちゃ金持ちのボンボンだから、全然気にしなくていいからね。ユキをからかったバツだ！」

ハジメは観念した様子で、苦笑いしながらもユキの両手の荷物を預かって歩き出した。

「カッコいいよ。男は痩せ我慢だね」

「ソヨン、そんな日本語知っていたんだ？」

驚くユキに、ハジメも言葉を重ねる。

「ソヨン、絶対、日本人だよなぁ」

「前世は日本人かもね」

その夜は、3人とも大いに楽しんだ。ユキもハジメも発言がストレートだし、お腹の中に何も隠し持っていないところは似ているのだ。2人を前にして何となく共通点を見いだしたソヨンは、だからこの2人と一緒にいると心からくつろげるのだと思っていた。

白魚の卵とじはなかったけれど、エイヒレをつまみに、日本酒をたくさん飲んだ。

酔っぱらったソヨンは、とうとつに、2人にたずねた。

「私って、普通の人と違うかな？」

「え、何が？　何が違うの？」

酔っぱらってとぼけているユキに対して、ハジメは、

「そりゃあ、全然違うよ。ソヨンは、すごく変。変わっている」ときっぱり言った。

その言葉に、ソヨンは、一瞬、おののいたけれど、ハジメは続ける。

「だって、池波正太郎の小説を読みこんでいる韓国人っているかよ！　小説に出てくる武将の名前とか、食べ物の名前もオレより覚えているしさ」

それを聞いた、ユキも笑う。

「たしかに、ソヨンはおっかしいよね。でも、すごい美人で強そうなのに、とてもシャイだし、人見知りで優しくて。ギャップありすぎて驚くわ！　でも、一緒にいると安心するんだよね」

ソヨンは2人の言葉に、胸がいっぱいになって泣きそうになった。

一方、ユキは、ハジメと話すのを面白がっているようだった。

ユキは3つ下の妹と2人姉妹だし、中高一貫の女子校に通っていたという。つまり、父親以外の男性に物理的にも心理的にも触れたことがないのだ。

だから、ユキの中にある男性像の記憶は、小学校の時に一緒に遊んだ、やんちゃな少年たちの像で止まっていた。思春期を女子のみの無菌ルームで過ごしていたのに、大学に入学したら、男たちはいきなりごっつくなって目の前に現れたのだと。

「大学生の男子って、サークルの飲み会では、一気飲みしたり、酔っていきなり肩を抱いてきたり。変な下ネタ言ってきたかと思えば、自分からは絶対にデートに誘わなかったりするのはどうして？」

そんなことを真剣に言い出して、ソヨンとハジメを笑わせた。

ずっとマンガの中の眉目秀麗な王子さまに恋していたユキとしては、どうにも違和感がぬぐえないのだという。

「でも、ハジメくんは何だか違う。話しやすいよ。マンガのヒーローみたいな感じじゃないけどね。サブキャラの元気で話しやすい男子って感じ」

終電近くまで飲んでシェアハウスに戻ってきたユキは、すぐに「ハジメくんについて教えてほしい」とソヨンに懇願した。

「ハジメくんって彼女いるのかな？」

「どんな小説がスキなの？」

「血液型と星座ってなんだろう？」

矢継ぎ早な質問にソヨンは苦笑しながらも、複雑な気持ちを味わっていた。勘のいいソヨンは、飲み会の最中からユキがハジメに惹かれていることに気付いていた。

誰とも付き合ったことがないユキは、乙女チックに自分をさらってくれる王子様を待っている。キスはもちろん、デートすらしたことがないユキは、愛を夢見ている。

「初デートは大好きな人と行きたい」といつも言っていた、ユキの夢をソヨンは叶《かな》えてあげたいと思った。

ユキに惹かれる気持ちは日ごとに大きくなるばかりだ。でも、ユキを観察すればするほど、大切に思えば思うほど、彼女が求めているものを自分は差し出せないことがわかってしまう。彼女が待っているのは王子様なのだ。

2日後、大学の授業でハジメと顔を合わせたソヨンはさっそく切りだした。

「ハジメ、ユキのことどう思う?」

「どうって?」

「普通とか、可愛《かわい》いとか」

「可愛いんじゃない?」

「あいつメガネはずすと、もっと可愛いんだよ」

「ふうん」

「デートしてやってくんないかな?」

「え? ユキちゃんと?」

「うん。あんなんだから、まだ、デートしたことないらしくて。でも、いいやつなんだよ。ハジメとなら、いいだろうなって」

「それは、まぁ。でも」

ハジメは、ソヨンの横顔をじっと見つめながら、複雑な表情をしていた。そして、しばらく黙っていたのだけれど、ソヨンはそれをOKのサインだととらえた。

「ありがとうね。ま、初デートだから良い想い出にしてくれたらそれでいいからさ」

一方のソヨンも、自分から頼みこんだとはいえ、ユキへの想いとは裏腹の自分の行動に苦い気持ちになった。でも、自分はこれでいいのだと言い聞かせた。

シェアハウスに戻って初デートの約束を取り付けてきたことをユキに報告すると、その反応は意外なものだった。

「2人きりなんて困る！」

「何で？　2人きりじゃないとデートにならない」

「だって、どこをどう歩いたらいいの？　右側、左側？　一歩下がったほうがいい？」

思わず立ちあがるユキの隣にソヨンは立って、リハーサルとばかりにリードする。

笑いながらも、そんな初々しいことを、眉根を寄せた切なげな表情で訴えかけるユキを抱きしめたくなる。

「ならんで歩けばいいよ。気の遣える男は車道側を歩くから。女性と車道の間に入る。ハジメはだいじょうぶだと思う」

「手を握ったりするのかなあ」

そう言うユキの手をソヨンはそっと握った。

「ご飯を食べて、何でも好きなことを話して。ハジメもユキも小説が好きなんだから、その話をすればいい。ならんで歩いていて、手が触れたら握ればいい」

ハジメとのデートをリアルに想像しているのか、ユキはうっとりと嬉《うれ》しそうな表情を浮かべて、ソヨンの手を強く握り返した。

「キスもしちゃったりして？」

ユキはふざけながら、目をつむってソヨンにキスをせがむそぶりをした。ソヨンはその小さな唇に、無意識に顔を近づけてしまったものの、寸前で、我に返ってこらえた。

「初めてのデートではお互いの気持ちは話さなくていい。でも、気分が高まってきたら、自然にね」

ソヨンは、ユキの小さな唇にキスする代わりに、人さし指をぽんっと触れた。

ユキとハジメのデートは、定番の映画鑑賞に決まった。当日は、映画館にこもってしまうのがもったいないほどの青空だった。

夕方、ソヨンがバイトからシェアハウスに戻ると、すでにリビングにはデートから帰ってきたユキが明らかに沈んだ様子で座りこんでいた。

「どうしたの、ユキ？　何かあった？」

「何もないよ。っていうか、3人で会うのと2人きりで会うのとこんなにも違うって思わなかった」

　話を聞けば、ユキはせっかくいい天気なのに、予定通り、映画デートだったことが不満だったという。しかも、ハジメが選んでくれたのが王道のラブストーリー映画であることも今ひとつだったのだと。マンガや小説ならBLものが大好きなユキは、ラブストーリーはベタより変化球が好きなのだ。

　しかし、ソヨンは内心、ハジメがユキのためにその映画を選んだのだろうと思っていた。ハジメは本当はマニアックなコメディ映画が見たかったに違いない。

「予想通り、映画はつまらなくて。帰り道にフルーツパーラー入ったけど、全然話ももりあがらなかったの」

「ま、初デートなんてそんなもんだよ」

「しかも、ハジメくんは、パーラーでスペシャルいちごパフェを頼んでいたんだよ！　ピンク色のパフェを嬉しそうに、唇に生クリームをつけながら食べていて。何だか変なのって思った」

恋愛にも男子にも慣れていないユキらしい感想に、ソヨンは思わず笑ってしまった。

「それにね、ハジメくんはソヨンの話ばかりしていたの。ソヨンの日本語はうまい、ソヨンのユーモアはしゃれているとか、ソヨンは驚くほど美人だけど鼻にかけてないところがいいとか……。ソヨンのことは私だって大好きだけど、なんか、一緒にいる私に失礼だなって思った」

たしかに、それは失礼だ。でも、ハジメは会話のネタに困って、共通の話題である自分の話をしたのだろうとソヨンは思っていた。でも、目の前のユキは泣き出しそうな複雑な表情を浮かべた。

「……可能性ないよ」

「そんなことないよ。まだ一回目だろ」

「デートなんか行かなきゃよかった！」

ユキは泣いていた。そして、口では「もういい」と言うものの、やはり、ハジメのことが好きなのだろう。

泣き疲れて眠ってしまったユキを見つめながら、一晩じゅう、その小さな身体を包んであげたいという衝動にかられていた。

でも、本当に今、ここで、自分が彼女を抱きしめたら？　女の子同士のじゃれあいのようなハグではなくて、本気で想いを込めて強く抱きしめたら……。

ひとつの恋すらも知らない純情なユキは、驚いて、混乱してしまうに違いない。こんなにも、守りたいと思っているのに、自分の腕の中に彼女を入れたら、きっと壊してしまう。ユキを起こさないように、優しくやわらかく、長いまつ毛に、頰《ほお》に触れる。毛布をかけなおしながら、華奢《きゃしゃ》な肩のあたりをそっとなでた。

これ以上は、触れてはいけない。

ソヨンは、やはり自分の恋心は永遠に封印しよう、かわりに、ユキの恋愛を応援しようと改めて決意した。

これまでもひとりぼっちだったし、孤独には慣れている。だから平気なのだ。自分に何度もそう言い聞かせながら、ユキに触れるのを懸命にこらえた。

翌朝、大学の授業の前に、ソヨンはハジメを呼びだして問い詰めた。まだ誰もいない講堂に背中合わせに座る。ソヨンはまずデートの感想を聞いてから、さりげなく、

ユキへの想いを確かめようと思ったものの、そうはいかなかった。ソヨンがユキとのデートについてたずねるやいなや、

「オレには無理だよ」

とハジメが言い出したからだ。

「無理って何だよ。決めつけるなよ」

「いざ、ユキちゃんと2人きりになると、なんか違うなって。楽しい感じにはならなかった。むこうだってそう思っているよ」

「そんなことない。ユキはハジメのこと……」

「それならそれで、なおさら期待持たせるようなことはできない」

ソヨンは次の言葉を探して黙り込んだ。すると、ハジメが先に口をひらいた。

「ソヨンはユキちゃんのためにと、オレに頼んだんだよね？　でも、オレはソヨンのためだから、デートしたんだよ。ソヨンのためならって」

「私のため？」

「そう。オレも少しは気にしてほしかった。オレの気持ち……」

ソヨンはこの瞬間、まったく気付いていなかった、ハジメの気持ちをやっと理解し

た。

「私は男は愛せない。ごめん」（韓国語）

ソヨンはもう話せることは何もないとばかりに立ちあがった。

ハジメは、一瞬、たじろいだものの、立ちあがったソヨンを抱きすくめようとしたが、ソヨンはその腕を強く跳ね返して講堂を出た。

混乱していたソヨンは、お酒を飲みあてどもなく歩き続け、気がつけば渋谷まできていた。終電間際でもスクランブル交差点は、煌《きら》びやかに発光している。金髪の女子高生、ドラッグクイーン、サラリーマン……今日もさまざまな人がここにいる。

１人の人も大勢の人もいる。この混沌の中に自分も身を置いていると、自分は一人ぼっちではあるけれど、この孤独は自分だけのものではないような気がしてくる。

足元をふらつかせながら交差点を渡っていると、ぶつかってきたチンピラにからまれた。殴りかかられそうになったけれど、顔をあげたソヨンを見たチンピラは、

「何だ、女か！　気持ちわりぃな」と吐き捨てるように言って去っていった。

その言葉を聞いて嫌な気分になるよりも、何だか可笑《おか》しくなった。

結局、どこにいても何をしていても同じだ。自分は自分でしかないし、こんな風に

しか生きられないのだ。

でも、これは、ここにいる誰もが抱えている宿題なのかもしれない――。

絶対的に孤独だ。でも、だからこそ、私は誰かに恋をして愛を求め続けるのだ。

たとえ、叶わなくても。

ソヨンはユキに恋をして、ユキはハジメに恋焦がれ、ハジメはソヨンに恋をした――。

〃片想いスパイラル〃ってヤツかぁ……。

ソヨンは、その言葉を思いつくとまた可笑しくなった。みんな誰かを懸命に想っているのに、一方通行の交差点ばかりで、誰とも繋《つな》がれないなんて！

だけど、ソヨンは、つかのまの恋、たとえ、実らなかった恋だとしても、人を想うことで、自分の孤独が内側から満たされて行くのを感じていた。


あれから、半年――。

その後、ソヨンとユキとハジメは1度だけ3人一緒に遊びに行った。

エイヒレのある居酒屋ではなく、今度はハジメが大好きなサムゲタンを食べに行った。韓国料理を囲みながら、どうでもいい話をして笑いあっただけ。誰も〝片想いスパイラル〟の核心に触れようとはしなかった。

ハジメとソヨンの間には、友情だけが残った。ハジメの気持ちを理解したものの、告白されたわけではないし、ハジメはソヨンの性質を理解してもなお、友だちとしてソヨンを受け入れることを選んだのだ。ソヨンは、恋愛感情は微塵《みじん》も持てなかったものの、存在がまるごと認められた気がして深く安堵したし、嬉しかった。

ハジメは、魅力的な男だ。ストレートでユニークだし、恋愛に不器用だからいまのところ多数派の一般女子にはウケないけど、きっと、年齢を重ねるほどにもっとモテるだろう。そのうち、ずばぬけていい女といい恋愛をするに違いない。

ユキはハジメへの淡い想いをすっかり忘れたのか、初めての恋人ができた。

「ハジメくんよりも面白くて、ハジメくんよりもヒーローっぽい人」なのだと嬉しそうに教えてくれた。ソヨンの気持ちには、いまだ気付いていないし、永遠に気付くこともないだろう。

今は、初めての恋人とたくさんの初めてを味わうことに夢中に違いない。

そのことがソヨンは無性に寂しくあるけれど、ほっとしてもいた。

恋焦がれていた想いは実らなかったけれど、ユキを大切に思う気持ちは熱だけが冷めて、純度をまして残っていたから。

ユキと自分は永遠に結ばれない。

そして、ソヨンは今もひとりだ。

でも、自分にとって本当に必要なものはすでにわかっている。どこで何をしていても、自分は自分でしかないし、自分の価値は変わらないのだと思える。

一方通行でも、忘れがたい恋をして恋されて、そう確信が持てるようになった。


ある日、ソヨンが交差点を渡ろうとすると、向こうから、ユキが恋人と手を繋いで歩いてくるのが見えた。彼の顔を見つめるのに夢中なのか、ユキはこちらにいっこうに気付かない。ソヨンは声をかけずに、すれ違いざま、ユキの幸せを祈った。

彼氏、いるんだよね。

きらめく光の洪水の中、色とりどりの洋服に身を包んだ人々がひしめきながら踊っている。

見知らぬ男女が、笑顔で肌を触れ合わせ、身を添わせるようにくねらせている。

その光景は、まるで、熱帯魚の水槽みたいだ。遠くから見れば、ただ、光と色とが混じり合っているだけの儚《はかな》くて美しい光景。

六本木《ろっぽんぎ》から西麻布《にしあざぶ》方面に歩いて、10分。ダサくない流行《はや》りの音楽なら何でもかけるという、節操のないクラブには、平日でも深夜まで男と女が集う。終電を逃せば、その先は——。

幼なじみの紗綾《さや》がフロアから戻ってくるのが見える。まるで、全力で走り切ったかのように汗をかき、すっきりとした顔。その背後には、白い歯を見せて笑う男とシャツを湿らせた短髪の男を連れている。

紗綾ったら、また、声かけられたのかな？　さすが、ダンサー志望だけあって、紗綾のダンスは色っぽいもんね。体つきも細身なのにグラマーだし、少し日に焼けている肌は艶《つや》がある。男の子がぐっとくるのも分かる。

それにしても、今夜の男は、いかにも、この界隈《かいわい》で働いていそうなエリートサラリーマンといった風情《ふぜい》だ。年齢は、20代後半から、30代前半。会社は、外資系かＩＴ系かな。2人とも今時の細身だし、顔もそれなりに整っている。しかも、おしゃれで小綺麗だ。きっと、このレベルの男なら、ココでは、女の子は入れ食い状態だろう。

「麻菜《まな》！　麻菜ったら！」

「あ、ごめん」

「また、ボーッとしている。たまには踊ればいいのに」

紗綾の言葉に我に返った。ここにきて定位置のソファに座っていると、時間も距離感もふき飛んでトリップしてしまう。水槽の魚を眺めるがごとく、人がすぐそばまで近づいているのも気付かずに、ボンヤリと眺め続けていたのだ。

「ねぇ、2人が麻菜とも話したいんだって」

エリート風の男子たちが、こちらに笑顔を向けてくる。

「さっきから、一人で寂しくないの？　可愛《かわい》くて目立っているから気になっていたんだよね」

「一緒に踊ろうよ。教えてあげるから」

こちらの反応を確認する前から、白い歯の男は不用意に手を伸ばして、私の髪に触れようとする。その手をそっと振り払いながら、私は微笑み返して、あのひとことを放つ。

「私、彼氏、いるんだよね」

私が紗綾に連れられて、クラブに出入りするようになったのは、1年前くらいのことだ。人生で唯一の恋人と別れた頃。彼と一緒にルーティーンで遊んでいた大学時代の友だちとも、なんだか会いたくなくなって、久々に幼なじみの紗綾に連絡をとって再会したら、「踊りたいから」と言われて連れてこられたのが、クラブだった。

そして、私もハマったのだ。毎夜、うたかたの恋をしている愚かな男と女が踊る水槽を眺めるのはけっこう面白いし、この長くて冷たくて退屈な夜を埋める術《すべ》にもなるから。

人生唯一の恋人は、大学の同級生だった。同じサークルに入って、1年生の時に彼のほうから告白されて付き合い始めた。

「オレは麻菜に出会うために、この大学に入ったんだなぁ」って言いながら髪をなでてくれた。中学時代から定期的に学級委員をやっていて、高校の生徒会では副会長だったという彼は、大学のサークルでも代表をやっていた。誠実でリーダーシップと安心感があって、みんなに羨《うらや》ましがられる彼氏。

大学では公認で、みんなには〝夫婦〟って呼ばれていたくらい仲が良かった。いつかは、きっと結婚するんだと思っていた。初めての彼氏は、何年も付き合ううちにすっかり親友とか家族みたいになっていたけど、それでもかまわなかった。私はサークル内ではけっこうモテていたし、学内外の男子にアプローチされたりもしたけど、私の心は全然揺れたりしなかった。

彼より優しくて気が合って、私を愛してくれる人はいないだろうし、初めて付き合った人と結婚するのも、ストーリーとしては悪くない。彼のお嫁さんになることは、ほとんど唯一の夢であり、来るべき現実だった。

大学を卒業して、わりと大手のメーカーの受付嬢として就職できた。仕事に希望なんてないし、お給料は安いけど、定時にはきっちり帰れる。平日もデートできるし、週末は彼の家にお泊まりもする。他の日は女友だちとお茶したり、趣味のパン教室に通ったり。私の毎日はささやかながらも愛すべきもので埋まっているし、人生は順調に進んでいた……はずなのに。

彼に他に好きな女ができたのだ。会社の同僚だという新しい彼女。仕事ができて、同じプロジェクトを任されていると言っていた。2人がどんな風に恋に落ちたのかは知らない。

だけど、おそらく、初めての浮気は、浮気ですらなかった。優柔不断なのか、〝いい人〟でいたいのか、自分から別れを切りだせない彼は、言い訳もしなかったし、「もう、会わないから」なんてドラマでみたようなセリフも言ってくれなかった。だから、恋愛経験の浅い私にだって分かった。

彼は、もうひとりの彼女のほうが私よりも好きなのだ。鮮やかなほどの心変わり。繋《つな》ぎとめる術もなく、私は、別れるという以外の選択肢は思いつかなかった。〝彼のために別れる〟だなんてキレイゴトは言わない。私は心と体を、私の誇りを守るために、一刻も早く、初めての彼氏をあきらめなければならない。

気付いたら、私は、携帯電話の機種変どころか、番号まで変更していた。つまり、彼のもとから大急ぎで逃走したのだ。別にこっちが悪いことをしたわけでもないのにね。

ありきたりだけど、失恋後、なにかどうでもいい思いになって紗綾と再会したのをきっかけに、クラブに出入りするようになった。23歳にもなって、本格的な夜遊びデビュー。

別に、新しい恋愛とか出会いを求めていたわけじゃない。

何てことのない毎日でも、彼と一緒にいた頃は、晴れの日が多いように感じられた。思わず手をかざしてしまうほど、日々の中にキラキラした瞬間だってあったはずなのに。彼がいなくなって以来、いっこうに晴れ間が見つからない。ひたすら、冗長な夜の闇だけが私のもとにやってくる。この夜をどうにかやり過ごさなくてはならない。

それから、クラブに通ううち、〝男〟という生物を観察してみたいと思うようになった。それまで、私が知っていると思っていた男は、彼ひとりだった。その男に裏切られるなんて、その男と離れるなんて、絶対にありえないと思っていたのに。ありえないことは、お嫁にいくという夢よりも早くたやすく実現してしまった。もう、信じられるものがない。

ここには、たくさんの男と女がいて、恋愛の儚さとか愚かさを味わう場所なのだ。そう思うとなんだか気楽だ。

もちろん、クラブに通い始めの頃、恋愛ビギナーの私は、自分に声をかけてくる男の子の言葉をいちいち真に受けて、「もしかして、運命かも?」なんて思ったこともあった。けれど、翌朝、LINEしたら、彼らは、私の名前すら覚えていないこともあった。

やけに情熱的に口説いてくるわりに、ホテルに行くのを断ったら、あっさりとひいて行った男もいた。その2日後、クラブに行ったら、その男は他の女の子を私の時と同じテンションで、全く同じセリフで口説いていた。この世には、〝誠実で愛情深い男〟どころか、〝信用できる男〟すら、めったにいない。男は、抱きたいという欲望だけで女を求める生き物なのだ。

私は、23歳にして初めて、男の本性と現実を知った気がした。

それから、私は水槽の観察者になった。いつかは新しい恋愛だってしたいけれど、そこらの遊んでいるような男、女なら誰でもいいようなダメ男は絶対に嫌。

だから、私は、恋愛における最大の防御であり、攻撃にもなる、ある言葉を見つけたのだ。「彼氏、いるんだよね！」。

これは、ダメ男の手から私の心と体とプライドを守ってくれるし、いつか本物の恋を連れてきてくれるかもしれない、〝魔法の言葉〟だ。

遊び人はもちろん、生半可な気持ちで近づいてきた男に、この言葉を投げれば、一発で立ち去ってくれる。中には、筋金入りの遊び人とか、とにかく抱きたい一心の男だったら、「彼氏がいてもいいよ。むしろそっちのほうが後腐れがなくていいよ」なんて下衆《げす》な本性を露《あら》わにしてしつこく迫ってくるけれど、そんな極悪非道《ごくあくひどう》なやつには、冷たい一瞥《いちべつ》をくれて立ち去るだけだ。永遠に心の外へと追放してやればいい。

「彼氏がいる」と聞いても、私のことを本気で好きになってくれる。あきらめずに、一途に思い続けてくれる人なら、きっと本物に違いない。

この〝魔法の言葉〟のことは、紗綾にだけは教えた。紗綾は、「魔法の言葉っていうけどさ、単なる嘘つきじゃん」と言って苦笑いするだけだったけど。

そう、私は嘘をつくことで、毎日をやり過ごそうとしていたのだ。

マコトに出会ったのは、〝魔法の言葉〟をすっかり使い慣れた頃だった。

その夜も、寄ってくる男たちに向かって、「彼氏いるんだよね」と3連発して、いい調子でテキーラを3杯飲んだらすっかり記憶が吹き飛んだ。

「明日は早いから」と先に帰った紗綾が、足元のおぼつかない私を預けたのが、マコトだ。紗綾の昔のバイト仲間であり、ダンススクールに誘ってくれたダンス仲間でもあるらしい。マコトは、私を家までわざわざ送ってくれて、どうやら、ベッドまで運んでくれた。首元には彼の物らしい赤いマフラーが巻かれていた。本当にそれ以外、指一本触れずに帰った男。

翌朝、ベッドの中で重い頭の中から、とぎれとぎれの記憶を引き出しながら、スマホをひらくとLINEにはマコトからのメッセージが入っていた。

(昨夜は、だいじょうぶだった? 風邪ひかなかった?) 5:25

そこから、1時間後に、もうひとつのメッセージが入っている。なんてことのないメッセージとお誘いなのに、どこかあったかさを感じるのはどうしてだろう。とはいえ、マコトの顔もうろ覚えだ。とりあえず、もう一回、会ってたしかめたい。会って、あの〝魔法の言葉〟を彼にも使ってみなくっちゃ。私は、急いで返信した。

（昨日は、ありがとうございます。ぜひ、お礼にご飯でもご一緒したいです♪）7:23

マコトは、ニュートラルな表情の時も口角《こうかく》が少しだけ上がっている。反対に目尻《めじり》は少しだけ下がっている。そのせいだろうか。子供のようにあどけなくて、いつも微笑んでいるようにも見えるし、時折、困っているような顔にも見える。

マコトが連れてきてくれたのは、下北沢《しもきたざわ》の小さなイタリアンレストランだった。六本木のクラブみたいな喧騒《けんそう》とは真逆にある、どこか懐かしいお店で、私たちは小さなテーブルをはさんで向かい合い、自己紹介からはじめた。

マコトは大好きなダンスでアメリカに留学するために、今は大学に通いながらも2つのバイトを掛け持ちして資金をため、合間にダンスレッスンを重ねているのだと言う。彼自身の話については、たずねれば、控えめにテレながらも、でも情熱を隠せないといった風情《ふぜい》で話す。私の話を聞く時は、まっすぐに私の目を見て、全身の五感を使って集中した面持ちで聞こうとする。なんだか、まだ10代の少年みたいに懸命だ。

「麻菜ちゃんって、お休みの日は何しているの？」

「そうだなぁ。ライヴに行ったり、動物園に行くのも好き」

「オレもどっちも好きだよ。動物園は今度、一緒に行けたらいいな」

初めてのデートで、ほんの1時間。軽いけどいい香りがするワインを一緒に飲みながら、水牛モッツァレラのカプレーゼや真鯛のカルパッチョを食べただけなのに、私はすでに「本当に彼と一緒に動物園に行けたらいいな」と思い始めていた。

だけど、本気になる前に、あの言葉をちゃんと言っておかなければ。あの〝魔法の言葉〟を放って、彼の誠意をたしかめておかなければならない。

「でも私、彼氏いるんだよね！」

「え……？　いるって、ホントに？」

「……うん」

あの瞬間のことは、今も忘れられない。さっきまで無邪気に笑っていたマコトは、しばらくフリーズして、それから、みるみるしおれていった。表情はせつなげに曇り、がっくりと肩をおとし、フォークに巻きつけていたパスタを食べることすら忘れている。

23歳、それなりに大人の男の子が、こんなにも全身で動揺と落胆《らくたん》を表現するなんて。そのあまりにも素直な感情の発露に私は戸惑った。

しばらく沈黙していたマコトが、やっと口を開いた。

「そりゃそうだよね。いないわけないか……」

「うん……。あんまりうまくいってないんだけどね。あ、これマフラーありがとう」

私は、とっさに、借りていた赤いマフラーを渡した。それを受けとると、マコトはすでにニュートラルな表情に戻っていた。

「オレこそ、ありがとう！」

「え？　何が？」

「本当のことを言ってくれて。正直に言ってくれる子ってなかなかいないし……。麻菜ちゃんが嘘をつく子じゃないって分かっただけでもよかった」

「あ…うん」

「でも、何で彼氏とうまくいってないの？　オレで良かったら相談のるよ」

私は私を見つめるマコトのまっすぐな瞳に心をとらわれていた。

初めてデートして以来、私は毎日、マコトのことを考えるようになった。朝起きて晴れていると、あの無邪気な笑顔が浮かぶ。通勤中、吊革につかまりながらも、マコトは大学で何をしているのだろうと思う。紗綾から、彼のSNSから、私はさりげなく素早くマコトのありとあらゆる情報を集めた。誕生日が8月であること、大学に入ってからダンスを始めたのにも拘わらずみるみる頭角をあらわして、ストリートではちょっとした人気者であること。

仕事からヘトヘトに疲れて帰ってきた夜も、部屋のベッドにねころがってスマホの画面でマコトのLINEをひらけば、たちまちテンションがあがった。
だけど、マコトのことを考えれば、考えるほど会いたくなる。もちろん、思い切ってLINEも送ったのだけれど、マコトの反応は意外と言うか、それはそうだろうというものだった。

(この間はありがとう。すごく楽しかったです。また会える?)
(えっ、何で? 彼氏怒んない? ってか、彼氏の相談かな?)

会いたい理由は、会いたいから。ただそれだけだ。だけど、あの〝魔法の言葉〟がマコトと私の間をぴったりとふさぐ。理由がなければ会えない関係ならば、その理由をこしらえるまでだ。私は、ふさがれた扉をこじ開けるために、嘘に嘘を重ねた。

(そうそう! 彼氏の相談。聞いて欲しいことがあって。マコトくんって話しやすいから)

（いいよ。オレで力になれるならいつでも）

久々に好きになった人に、存在もしない彼氏の相談を毎回することになった。会社のお昼休みに近くの公園で、彼のバイト先の帰り道のカフェで、下北沢のイタリアンレストランにもまた2人で行った。

マコトに出会ってから、いつのまにか私の毎日には、あの晴れ間が増えていた。マコトは、極彩色の欲望がうずまく夜のクラブで出会ったとは思えないほど、春の陽光のように新しくて温かな光や匂《にお》いを感じさせる人だ。そばにいると、自然と目をつむって深呼吸したくなるほどに。

私たちが出会ったクラブにも、あれから何度か一緒に行ったけれど、眺めれば眺めるほど、マコトのダンスはあきらかに他の人とは違っていた。心から楽しそうで、軽やかでいて、それでいて、背筋が通っている感じ。

他の男の子たちは、周囲の女の子をちらちら見ながら踊っているけれど、マコトは誰に目をくれることもなく一心不乱に踊っている。フロアの光を浴びたその姿を眺めていると、吸い込まれそうになる。絶対に入るものかと思っていた、あの水槽に、私も飛び込んで、泳いでみたくなる。

「マコトくんはクラブってしょっちゅうきてたの？」

「全然。麻菜ちゃんと出会った日が初めてだよ」

「女の子目あて？」

「いやいや。でも、それもゼロって言ったら嘘になる。彼女もしばらくいないし、良い出会いがあればいいなぁとは思うけど。出会いとかタイミングって運命だからね。そう簡単には巡り合えないって思っているから」

マコトは、テレ笑いしながら話を続ける。

「麻菜ちゃんだって、せっかく出会えたけど、彼氏いたし」

「……まぁね」

「それに、ココは踊るには気持ちいい場所だなって。ストリートで踊るのも気持ちいいけど、ここだと海で泳いでいるみたいな気分になる。いろんな人がひしめき合いながら、ひらひら泳いでいる感覚」

「あ、近い！　私は水槽みたいだなって思っていたの。水槽で泳いでいる魚たちみたいだなって」

「へぇ。でも、水槽じゃ狭すぎるよ。それに、麻菜ちゃんは全然踊らないじゃん」

「うん。眺めてて思っただけなんだけどね」

「狭いけどさ、踊ってみるとそんなに狭く感じないよ」

「そっか。でも、ここが海だとしたら私、絶対溺《おぼ》れそう」

「だいじょうぶ。そしたら、オレが引きあげてあげるから……なんてね！」

マコトといると、なぜだか、まぶしい気持ちになるのは、こんな風に彼の視点や考え方が明るくて大きいからなのかもしれない。同じ場所にいて同じものを前にしていても、全然、違う面を見ている。私がすみっこの小さなシミや影を見ているならば、彼は陽のあたるところや遠くにある楽しそうなものを見ている。それをマコトにいうと、「でも、オレは麻菜ちゃんのそういう感覚嫌いじゃないな」と言って、あの陽《ひ》だまりの顔になった。

マコトは、いつどこにいても陽だまりにしてくれる人なのだ。マコトと一緒にいれば、もう夜の冷たさに打ちひしがれることもないし、私だって、海の中で溺れずに泳げるようになるのかもしれない。

〝彼氏の相談〟を理由にして、毎日のようにLINEした。週に1度は、〝彼氏とケンカした〟ことにして、マコトに会いにいった。まるで付き合いたての恋人みたいに、たくさん会って、たくさん話してたくさん笑った。

ただし、マコトの方から誘われたことは一度もなかった。

マコトは、私の本音に気付かずにいるのだろうか。もしも、私の嘘を知ったら、純粋すぎる彼は、怒りだすだろうか。

「彼氏いるんだよね」は、〝魔法の言葉〟なんかじゃない。今はただの呪縛《じゅばく》だ！　でも、塗り固めた嘘は、複雑な色と重みを増していって、今さらどうやって解けばいいのか分からない。塗り固めた嘘に、がんじがらめになるほどに、それをマコトが素直に受け入れてくれるほどに、私の想いも比例して強まっていく。何と皮肉なことだろう。

「麻菜、もしかして恋している？」

私の異変に私以外で初めて気付いたのは、紗綾だった。たぶん、クラブに行きたがる回数が減ったり、クラブにきてもスマホばかり気にしているからだろうか。最初は、「恋なんてない！　あるわけない！」と否定したものの、紗綾は鼻先で軽やかに笑いとばす。

「いいんだよ。私にまで嘘つかなくたって。幼なじみだからね、分かるよ。っていうか、麻菜って私にとってはけっこう分かりやすいよ。思っていることが顔に出るから」

「顔に出る？」

「うん。好きな人がいる時は、不安げだったり、切なげだったり、何だかふわふわ宙に浮いているみたいな顔しているし。ほら、例の嘘をついてる時もね……」

「例の嘘って、〝彼氏いるんだよね〟？」

「そうそう。あれも私からみれば、あからさままで嘘っぽい。寄ってくる男子を蹴散らしたいだけにしか聞こえないと思う」

「え？　でも、それは紗綾がホントのこと、私に彼氏いないってことを知っているからじゃない？」

「そっかなぁ。男の子にしたら、実際に彼氏の有無はともかく、単に拒絶の言葉にしか聞こえないんじゃないかな」

「でもね、そんな私の嘘をまるごと信じている男子もいるんだよ。彼氏いるなら応援するよって言って、毎日のように、私の話を聞いてくれるバカみたいに純粋な人もいるんだよ！」

いつのまにか声が大きくなっている私に、紗綾は子供を諭すように優しくいう。

「もしかしたら、その男の子のことが好きなんじゃないの？　嘘ついたことを後悔しているなら、ホントのことを打ち明けるしかないんじゃないかな？」

「でも、きっと嘘が嫌いな人なの。嘘だっていったら、好かれるどころか嫌われちゃう」

「そうかもね。でも、素直にならないと何も変わらないよ。うん、何もね。それにね、最初から人を傷つけるつもりで嘘をつく人はいないもの。麻菜は失恋で傷ついていたから、自分を守るために嘘をついた」

「そうだけど……」

「たぶん、麻菜の元彼も、麻菜を傷つけたくなくて嘘をついたんだよ。その嘘は麻菜を余計に傷つけたけど、彼に悪気はなかったの」

「そっか、そうなんだ」

「でも、彼は最後にはちゃんと真実を伝えてくれたでしょう。自分でついた嘘は、自分でおとしまえつけなきゃならない。素直になるしか、嘘の呪縛からは自由になれないんだよ」

私は、久しぶりに元彼のことを思い出していた。彼も自分の嘘に苦しんでいたのか。私を傷つけたくないと思ってついた嘘は、最後の愛情だったのかもしれない。

マコトにどうしても会いたい夜は、増えてゆくばかりだ。そのたびに、彼氏とうまくいってないという作り話をこしらえて、彼を呼びだす。私はまだ嘘を上塗りし続けている。本当のことを言えないのが段々苦しくなってくる。

ちゃんと会えたら、嘘の相談は、最初の5分で終わり。あとは、彼の顔をすみずみまで見つめて、注意深くその声を聞く。彼から放たれる陽だまりの匂いをたくさん味わおうとする。ふつうのテンションで話しながらも、あのまつ毛に触りたいなぁなんてそっと考えてる。

この間、4日ぶりに会えた夜なんて、私は無意識に彼の唇に人差し指をあてて、自分の唇をおしあてようとしていた。あろうことか、自分から彼にキスしようとしていたのだ。自分でも信じられない話だけれど、そのキスをマコトに優しく拒まれて、我に返った。

「自分を大切にしなきゃダメだよ。彼氏とケンカしたからって自暴自棄にならないで」

マコトの解釈に私は言葉を失った。

自暴自棄になっているわけじゃない。会いたくて仕方ないから会いにきて、キスしたくてたまらないから、磁石みたいに唇がマコトに引き寄せられていったんだ。私は私のココロをもう制御《せいぎょ》できない。


その夜、久しぶりに夢を見た。元恋人と別れてから不眠症気味だったし、夢なんて全然見なくなっていたのに。

眠りの淵《ふち》におりると、そこは、海だった。マコトと2人、白い砂浜と深い蒼色《そうしょく》の海に、やわらかな太陽がさしていて、あたり一面が輝いている。そんな光景を静かに眺めていた。早く泳ごうと手をひいてくれるマコトに、私はあらがわず、海の中へ足先をつけてみる。その感触は思いの外、冷たくて、でも気持ち良くて、思わず声をあげて笑ってしまう。そんな私をマコトは、嬉《うれ》しそうに見つめている——。

甘やかな夢を見て、目が覚めると、手の中のスマホがふるえていた。どうやら、マコトと別れた後も一人で家飲みして、あげく、スマホを触りながら寝落ちしてしまったらしい。しばらくは夢の余韻にひたっていたかったけれど、とりあえず、ＬＩＮＥの画面をひらくと一気に全身の細胞が縮んだ気がした。

(マコトに会いたい)
(すごく会いたい)
(明日、時間ある？　大切な話があるの)

深夜2時25分にこのメールは重すぎるだろう。そう思いきや、マコトからは何の邪気も疑いもないメールが返ってきた。

（どうしたの？　バイトの後なら時間作れるよ。夜10時でもいいかな？）

（ＯＫだよ！　バイト先にいくね）

　もう、全部終わりにしよう。傷ついても、嫌われてもいいから、本当のことを言おう。私は、嘘の連鎖を断ち切って、想いを告げる決意をした。

　約束の10時よりも12分遅れて、バイト先から出てきたマコトは、いつもよりも少し疲れて見えたけれど、私の姿を見るといつものあの笑顔になった。ピックアップした自転車を引きながら、線路沿いの道を、私の歩調に合わせてゆっくりと歩く。

「今日は、自転車なんだね」

「うん。だから、今日はお酒は飲めない。カフェでもいいかな？」

「もちろん！　公園でもいいよ」

「今日寒いから、風邪ひいちゃうと大変。あの踏切の先に、深夜までやっているいいカフェがあるんだ」

「うん」

「大切な話って何かなぁ？　いつもより深刻そうだったから、心配してたんだ」

「マコトはどうして私と仲良くしてくれるの？」

「どうしてって？……本当のこと言うとね。初めてご飯に行った時に、麻菜ちゃんに彼氏がいるって聞いて、すごくガッカリしたんだ。なら、何でデートに来るんだよって思ったし。あなたは恋愛対象外だって、線引きされたんだなとも思った」

「うん。えっとね……」

「でも、よく考えたら、正直で誠実な人だなって。それに、恋愛だけで人間関係を測ろうとしていたオレのほうが、ずいぶん、いやらしいんじゃないかなと。そういう女性と人として仲良くなりたいって思ったし、必要とされるなら、力になりたいなとも思った」

　違う。好きだから、会いたかっただけだ。好きだから、嘘を打ち明けられなかっただけなのだ。

「どうしたの？　急に深刻な顔でだまりこんじゃって」

　丁寧に上塗りし続けた私の嘘は、もはや私の手を離れたところでも膨らみ続けていて、彼の中ではピカピカに輝いているのか。

どこからどんな風に伝えればいいんだろう。

まずは、「彼氏いるんだよね」というあの嘘を謝るべきなんだろうか。それとも、唐突でも「マコトのことが好きだ」というべきだろうか。どちらも不正解で、マコトの陽だまりの笑顔を曇らせて、永遠に私のことを見てくれなくなるのではないだろうか。

なんだか、もう後戻りできない岐路に立たされている気がしていた。

もしも、私が最初から嘘なんてつかなかったら——とつくづく思う。

本当は私には彼氏なんていないし、初めてデートした日から、もう、マコトに惹《ひ》かれていたことを知ったなら。マコトは私を好きになっただろうか。

今、ここでいきなりマコトの手を繋《つな》いだら、その横顔に素早くキスをしたら、そうして気持ちを告げたなら驚くだろうか。でも、そうするしかないのではないか。

逡巡《しゅんじゅん》していると、背後から突き抜けるような明るい声に遮られた。

「マコト先輩！　今、帰り？」

振り向くと、マコトと同じように自転車を引いた小柄な若い女の子が立っていた。

少し切りすぎなくらいの前髪のショートボブに、まるく大きな瞳とまるいオレンジ色のチークで、くったくのない笑顔を浮かべている。

「お、美咲《みさき》かぁ」

「先輩、バイト終わるやいなや、珍しく飛んで帰ったから。ゴミは私が出しときましたよ」

「ありがとな。……あ、麻菜ちゃん。彼女は、バイトの後輩なんだ」

「はじめまして、美咲です」

「はじめまして、麻菜です」

「麻菜さんは、マコト先輩の……もしかして、彼女さん？」

「いや、違う違う。友だちだよ～。麻菜ちゃんは、他に彼氏いるし。オレなんて全然相手にしてくれないよ」

マコトの言葉に、また、心を切り刻まれたけれど、平静を装って微笑んだ。そんな私とは対照的に、美咲は、まるで飼い主になでられた子犬のように、あからさまに嬉しそうにはしゃぐ。

「ですよねぇ！　こんなキレイな人がマコト先輩とって。いや、ないとは思ったんですけどね。いちおうねっ！」

「ないってなんだよ！」

「マコト先輩も高望みばっかりしていると、彼女できませんよ。もう少し身近なところに目を向けないとね！　ほら、先輩にちょうどいい、可愛い子が……」

「どこかなぁ？　って、誰だよ！」

ふざけあって笑う2人を前に、私の小さな勇気はますます萎《な》えていく。

こんなにも、まっすぐに自らの恋心をさらけ出せる女の子もいるのだ。鈍感なマコトは、冗談にくるんだ彼女の本気にまだ気付いていない。それでも、あんなに純粋な好意をありのままにフレッシュパックで届けられている幸福感は、彼の心に何かしらの作用を起こしているはずだ。

「ねぇ、先輩、一緒に帰ろうよ」

「いや。今日は麻菜ちゃんと……」

遠慮のない美咲は、憎らしくも可愛い。いっこうに素直になれない嘘つきの私とは雲泥の差だ。マコトも、今は美咲のことを何とも思っていなくても、もしも、美咲の偽りのないまっすぐな気持ちを受け取り続けたら、水が砂にしみこむように着実に惹《ひ》かれていくだろう。

今だって、美咲をからかいながらも、可愛いなぁって笑顔で見ている、軽く肩に手を触れている――。もうダメだ！

私は私の想像の中で果てしなく、悲観的になっていく自分を振り切るように言葉を発した。

「私、今日は帰るね」

「え？　だって、話があるって」

「いいの。もう、だいじょうぶ。マコトくん、美咲さん、またね！」

戸惑ってほうけたような表情のマコトと、驚きつつも嬉しそうな顔の美咲にむかって、不自然なくらい口角を上げて手を振り、私は、その場を立ち去るべく踵《きびす》を返した。

叫び出したい衝動を抑えて歩く。最後まで嘘つきな自分がみじめで、いっそう冷たく感じる夜に溺れないよう、できるだけ背筋を伸ばして、さっそうと歩こうとしたものの、ヒールが急に痛く感じられて、足元がふらついた。息が詰まるような苦しさが涙とともにとめどなくこみ上げてくる。

誰に嘘をついても、自分に嘘はつけないのだ。

最初は、自分を守るために嘘をついていたけど、それから、マコトを好きになったから嫌われたくなくて、嘘を嘘で塗り固め続けていたけれど、ずっと真ん中にあるのは、ただ、好きだという気持ちだけだ。

ダメでもいい。嫌われてもいい。一度だけでもいいから、本当のことを伝えたいし、真実が知りたい。

思い切って振り返ると、マコトと美咲は、並んで踏切を渡ろうとしているところだった。

とっさに、まだ間に合うかもしれないと思った私は、一度脱ぎかけたヒールを履きなおして走りだしたものの足元がふらついて、５ｍもしないところで派手に転倒してしまった。

血が流れているのだろうか、ヒザとヒジのあたりが生温かい。痛みでなかなか起き上がれないし、恥ずかしさがこみ上げてきて顔を上げることもできない。

遠のきそうな意識の中、私はマコトが、この派手な転倒に気付いてくれることを切に願った。こちらを振り返り、転んでいる私を見つけるや、美咲をふりはらって駆け寄ってきてはくれないだろうかと。

しかし、いっこうにその気配は感じられない。

そのうち、踏切の信号音が鳴り始めた。思い切って顔を上げてみると、もうマコトと美咲の姿はどこにもなかった。

もう、遅い。二度と、あの瞬間には、嘘のない2人には戻れないのだと私は悟った。

今頃、マコトと美咲の間には、何かが生まれ始めているに違いない。

それなら、私は、嘘をつき通すしかないのか。

マコトが好きだ。きっと、しばらくは苦しいほどに好きだろうけれど——。

嘘つきの私は、号泣したいほどの苦痛も後悔も夜の闇にあずけて、まるで何事もなく、何も感じていないかのように立ち上がり、ゆっくりとマコトとは反対方向に歩きだした。

あさはんのゆげ

田舎の自然は騒がしい。春は桜が咲いて散ると、新緑が鬱蒼《うっそう》と茂る。紫陽花《あじさい》の季節が過ぎたとたんに、もう、蟬時雨《せみしぐれ》がふり始めるのだ。

私は、田舎が嫌いだ。

17年間、札幌《さっぽろ》の市街地に生まれ育って、群馬の山奥に引っ越しすることになった時、高校の同級生たちは、「田舎暮らしものんびりできて楽しそうだね」なんてとってつけたようなことを口々に言っていたけれど。ここにきてからというもの、季節のめぐりが早すぎて、時間は容赦なく流れて行くことを思い知らされた。

田舎はダサいし、不便だし、刺激もない。何にもなくて退屈なのに、時間だけは過ぎてゆくのだ。

今日は朝から何も食べていない。いちばん近くのスーパーへいこうと、自転車に乗った。あたり一面は田んぼで、国道まで出るにも、歩けば20分はかかる。

こんなに怠惰《たいだ》で自由な生活を送れるのは、高校が夏休みに入ったからというのもあるけれど、母親が長期出張に出かけたからだ。

両親が離婚したのを機に、私は母親とともに、この春から母の実家のある群馬県に引っ越した。本当は父親と一緒に札幌に残りたかったけれど、母親はその母親、つまり、祖母を昨年亡くしたばかりとあって、独りにしておくわけにはいかなかったのだ。

群馬といっても、山奥にある日本家屋は古めかしく、いろんなものが染み込んだ匂《にお》いがして、懐《なつ》かしくも、なんだか怖くもある。

「うわっ！　うわっ！」

思わず声をあげたのは、不意に自転車の車輪が沈み込んだからだ。どうやらパンクしたらしい。回転しづらくなった車輪にバランスが保てなくなった私はおもいきり横転した。車か自転車を使うしかない土地なのに、あぜ道には車輪をたやすくパンクさせる石が転がっているからタチが悪い。白いTシャツは土埃《つちぼこり》にまみれているし、ヒザにはすり傷ができている。国道に出るまでも、まだ10分はかかる。もう家に帰るしかないのかと途方に暮れていると、蟬がまるで笑っているかのように盛大に鳴いている。

「うるっさい、蟬！　うるっさいよ！」

空腹と痛みでイライラが募っていた。一人でひとしきり悪態《あくたい》をついたあと、あきらめて自転車を押して家に帰ることにしたものの、冷蔵庫には、牛乳とオレンジしかないはずだ。隣の家の太田《おおた》のオバさんからもらった、きのこと山菜もあったっけ。でも、あれはどうやって食べたらいいんだろう。そんなことをボンヤリと考えながら歩いていると、太田のオバさんが目の前に現れた。

「あら、泥だらけ！　高崎《たかさき》さんのところの……」

「……風花《ふうか》です。ちょっと自転車で転んじゃって。先日は、山菜をありがとうございました」

「あれ、食べた？」

「まだです」

「早く食べないと、すぐ悪くなるからね」

「すみません」

私はできるだけ関わらないようにと、言葉少なに受け答えするものの、田舎のオバさんはそうは受け取ってくれない。

「あんまり遠慮しないでねぇ。オバちゃんは、お母さんの幼なじみなんだから。ほら、お母さんも離婚して一人で大変だし……。あ、夏休みでしょ。うちでお茶でも飲んでく？」

「あ、いいえ。宿題があるので失礼します」

どうして、さほど仲良くもない他人の家でお茶なんて飲まなきゃならないのだ。

しかも、お母さんの幼なじみだなんていうけど、家の事情を根掘り葉掘り聞きたいだけに違いない。噂話《うわさばなし》が大好きなのは、札幌の人間だって一緒だけど、田舎の人たちの好奇心はエネルギッシュというかえげつないというか。好意にくるみながらも、関心をストレートにぶつけてくる。スキをみせたら一気にふみこまれそうで怖いのだ。

私は、17歳にして、人とはなるべく関わらないで生きて行こうと決めていた。だって誰かと関われば、何かしら面倒なことが起こる。その人の嫌な部分だってたくさん知るし、もし、仲良くなれたとしても、相手を大切に思うようになればなるほど、今度は失うのが怖くなる。ずっと一緒にいるのが当たり前だと思っていた父親ですら、もう、会いたい時に会えないのだ。

（それに……）

私は、前橋《まえばし》えりこのことを思い出していた。札幌の高校時代、いちばん仲がよかった友だち。もともと気が強いくせに内気で人見知りの私となぜだか気が合って、自然と一緒に行動するようになった。そのうち、「〝親友〟だね」と言ってくれた。心を許して、何でも話せる友だちが初めてできたと思っていた。

だけど、えりこが憧《あこが》れていた、サッカー部のエースの早見《はやみ》先輩を追いかけるのに付き合っていたら、その先輩が興味を持ったのは、皮肉にも私のほうだった。えりこのほうがずっと美人だし、えりこのほうが優しくて面白いし、えりこのほうが巨乳なのに。

私は痩せっぽっちで色も黒いほうだし、髪は長いけれど猫毛でまとまりもない。およそ、色気なんてないのだ。そんな自分になぜ、早見先輩が興味を持ったのかサッパリ見当もつかなかったのだけれど、やはり、嬉《うれ》しかった。

恋をしたこともない自分が、男の人の興味を引いている。それまで先輩のことなんて何とも思っていなかったけれど、「付き合っている人いるの？」って聞かれた時は、どきっとした。彼の目に映る自分が、なんだか、別人のように、とても魅力的な女の子のように感じられたから。男の人に女の子扱いされるっていいものだなぁと思った。

だからといって、別に先輩と付き合おうと思ったわけじゃない。えりこのことを裏切る気なんてさらさらない。だから、えりこには言わずにいたのだけれど、すぐに、人づてに伝わった。それも、彼女の耳に届く頃には、噂は雪だるまのように膨れ上がっていて、私と早見先輩は付き合っていることになっていた。しかも、私から誘惑したという尾ひれまでついていた。

必死に言い訳しようとしたものの、えりこはまともに聞こうとせず、絶交を言い渡されてしまった。恋は盲目《もうもく》なのか、友情よりも恋なのか。

ホントのところ、えりこって何て理不尽《りふじん》なヤツなんだろうと思った。親友だと思っていたし、大好きだったぶん、なぜ、信じてくれないのかと苛立たしく感じられたし、いつも一緒にいたせいか、喪失感《そうしつかん》は大きかった。

両親はずいぶん前からうまくいっていなくて、家の中は殺伐《さつばつ》としていたけれど、高校でえりこと一緒に他愛《たわい》もない話をしていると楽しかった。今思えば、早見先輩に好かれて舞い上がったのも、えりこの好きな人に好かれたのが嬉しかったからだ。

結局、私は、えりこがすごく好きなのだ。それに気付いたら、ますます、全身が痛みに支配されて、心の奥まで荒涼《こうりょう》としていった。
それから、誤解を解く機会も持てないままに、私はこの田舎の高校に転校した。
報われない友情はいつしか恨みに、そして最後はあきらめへと変わっていった。
もう、二度と、あんな思いはしたくない。不便で退屈な田舎暮らしは大嫌いだけど、
環境が変わることに救われたのは事実だ。

彼が現れたのは、夏時雨《なつしぐれ》の日だった。雨の日だけは蟬も鳴かない。
雨音だけが響く中、モスグリーンの小型車がエンジン音とともにやってきた。
降り立ったのは、大きな身体《からだ》で大荷物を抱えた大学生くらいの男だ。
「ふうちゃん？」
玄関を開けて男と相対しても、それが一瞬、誰なのかわからなかった。
一方、彼は、私を見るなり、眼鏡の奥の目を三日月ほどに細めて笑っている。
「えっと？　あの……」と口ごもっていると、彼はなおも嬉しそうに言った。

「要《かなめ》だよ。桐生《きりゅう》要。ふうちゃんの従兄弟で、4歳上の」

そうか、お母さんのお姉さんのところの10年も前の法要で会ったきりの従兄弟だ。従兄弟の中では最年少で、あの時まだ、小学生だった私の面倒を見てくれた、中学生の要だ。昨年の祖母の葬式には、私が出られなかったから会えなかったのだ。

「でも、何で突然？」

「実は、お母さんに頼まれたんだ。大学が夏休みの間、ここにいて家事しながら、ふうちゃんの面倒を見てほしいって」

「面倒って、私、子供じゃないし……」

要がくるなんて、本当に聞いていなかった。母親には後で、電話して確かめようとは思ったけれど、おそらく、こちらにきてから友だちもできず、ますますひねくれて殻にとじこもっていく娘を慮《おもんぱか》って、要を差し向けたのだろう。

自分は仕事にかまけるばかりで、娘と向き合おうとしないのに余計なお世話だ。きっと事前に伝えれば、私が猛反対することを予測して、言わなかったに違いない。

「実は、高校時代はこの家で祖母と3年間一緒に住んでいたんだよね。だから、勝手知ったる……なんちゃらだし。僕は、この家もこの町も好きだから」

(町っていうか、村だけどね)と内心思っていると、

「ふうちゃんは、この町、好きじゃないの?」と要が聞く。

嫌いだなんて答えづらいから、質問を返した。

「要くんこそ、この村のどこが好きなの?」

「どこがって、全部だよ。夏の夕立ちも好きだし、暑い日の蟬時雨も好きだしね」

目の前の男の人は、記憶の中にいた要とは別人のように感じられた。

たまの法要のたびに、同世代の従兄弟が集まるのが嬉しくて、みんなはしゃいでいたけれど、当時の要は小柄でおとなしい男の子だった。今では私より上背は20㎝も高いし、きゃしゃながらも、荷物を抱えた腕はやや大きめのTシャツからもわかるくらい筋肉がもりあがっている。

つい要にみとれてしまった自分が気恥ずかしくなって、彼が両手に抱えている荷物に視線を移すと、それがだいぶ大きいことに気付いた。

「すごい荷物」

「あぁ、これね! ぬか床と猫のミドリさん」

「ぬか床? 猫?」

たしかに、要が右手に抱えた大荷物は、ペット用のキャリーバッグだ。

「ミドリさんは、もともとばあちゃんの猫だったのを僕が引き取ったんだ。彼女も、この家に帰りたいかなと思ってね。こっちのぬか床はね、美味《おい》しいぬか漬けをふうちゃんに食べてほしくて持ってきた」

ぬか漬けは臭いから苦手なのだけれど。要の笑顔を見ると何だか言いだせなかった。でも、わざわざ言わずとも、1、2度、食べなければ、きっと察してくれるだろう。

いくら昔は可愛《かわい》がってもらったとはいえ、10年ぶりの従兄弟なんて、他人のようなものだ。少し面倒くさいけれど、こちらから近づかず、受け入れなければ、何の問題も起こらないはずだ。黙って思いを巡らせていると、でっぷりとした茶トラ柄の猫がキャリーバッグから顔をだして、早く家に入れてくれとばかりに喉《のど》をゴロゴロさせて、

「にゃあ」と鳴いた。


「ふうちゃん！　あさはんできてるよ」

翌朝、くしゃくしゃの髪にスエットのままで茶の間にいくと、要がミドリを連れて台所に立っていた。〝あさはん〟って、朝ごはんのこと？　ボンヤリしながら考えていると、声に出したつもりのない問いに、また、彼が答える。

「ばあちゃんが、朝ごはんのこと、あさはんって言ってたから。たぶん、群馬の方言なんじゃないかな」

要は、どうやら察しのいい人らしい。ちゃぶ台をみやると、香ばしく焼けた鮭と形のいい黄色の卵焼き、なすの紫ときゅうりの緑が鮮やかなぬか漬けが2人分の御膳に、きれいにならんでいる。台所から、炊きたてのご飯とみそ汁の匂いが流れてきた。ミドリは、卓上の焼鮭をじっと見つめている。

「ミドリさん、もうちょっと待っててね」

茶碗としゃもじを手にした要を前にした時、私は今さらながらスエットの下にブラジャーをつけていないことに気付いてバツが悪くなり、吐き出すようにつぶやいた。

「いらないから」

思いの外、冷たく響いた自分の言葉に肝が冷えたが、

「そう？　お腹すいていない？」と、要は呑気《のんき》な調子だ。

「朝は食べないから」

それは、本当のことだった。家に朝ごはんのある食卓なんて見たことがなかった。家族3人で暮らしている頃から両親は共働きだった。

朝6時には家を出る母親は、記憶の中では、ただの一度も朝食を用意したことがないし、父親がそれに文句を言っているのを見たこともない。そもそも父親は、母と距離をとるようになってから、毎夜のように仕事が終わると深夜まで飲み明かしていたのだから、朝ごはんなんて用意しても食べられなかったに違いない。

朝ごはんがないのは当たり前の光景だ。高校の同級生は、たいてい朝食を食べていたようだし、同じく両親が共働きだった、えりこの家でも、

「朝だけは家族がそろって食べるのが決まりなの。だから、お母さんはホテルの朝食みたいにたくさん、おかずを用意してくれるんだ」

って嬉しそうに話していた。

それを聞いていても、別に羨《うらや》ましくなかった。まぁ、気分よくもなかったけれど……。

何事も慣れであり、習慣だ。毎朝、食べるのが当たり前ならともかく、朝食も食べなければ、お腹はすかなくなっていく。

すぐさま部屋に戻ってブラジャーをつけたかったけれど、要に動揺しているのを悟られたくなくて、とりあえず冷蔵庫をあけて牛乳を一気飲みした。痩せた胸だから下着をつけていないところでわかりはしないと思いなおし、ちゃぶ台から離れたところに座って、新聞を読むフリをしながら、要の様子を盗み見た。せっかく作った朝ごはんを断られて落ち込んでいるかと思いきや、いっこうにそんな様子はない。一人で正座して、「いただきます」と御膳に手を合わせてから、朝ごはんを美味しそうに食べ始めた。ぽりぽりとぬか漬けを音を立てながら食べ、おみそ汁の香りを湯気ごと味わってからそっと箸《はし》をつける。

気にしていないなら何よりだけど、それはそれでムカつく。それでも、姿勢よく座り箸を運び、美味しそうに食べる横顔が端正《たんせい》で美しくて、知らぬまにまた見とれてしまった。

中学生男子が、いきなり大学生の男の人になって現れたのだ。それは、大きく変化もするだろう。

少し離れたところから一方的に要を見つめていると、なんだか息も胸もつまってくる。立ちあがって部屋に戻りかけると部屋の片隅には前日に洗って干しておいた、私のブラジャーまできれいにたたまれて置かれていた。要は、私のことをまだ小学生の女の子だとでも思って、無神経に子供扱いしているのか。

さっきまで、小さくともドキドキを感じていた自分に苛立って、下着を部屋まで持って行ってから畳に投げつけて、布団の上に転がった。このまま二度寝してしまいたいけれど、これからのことが気になって眠れない。夏休みははじまったばかりなのに。明日も朝食いらないって言ったほうがよかっただろうか。でも、朝は食べないって言ったんだからわかっているよね？

枕《まくら》に広がった自分の髪の毛から、要の焼いた鮭と卵焼きの匂いがした。

「くっさ！」と声に出してみると、さっきまでのもろもろの自己嫌悪《じこけんお》は、要への腹だたしさに変わった。生活感のない家庭で育ったせいか、生活の匂いは、不快で鬱陶しいものでしかない。

すっかり乱れてしまった気分をたてなおそうと、携帯電話に手を伸ばすと、母親からのメールが届いていた。

〈調子はどう？　驚いた？　要くん、カッコよくなったでしょう♪　風花に夏休みのプレゼントだよ〉

身勝手で能天気なメールに腹がたって、携帯も下着のほうへと投げつけた。

(私が本気で喜ぶとでも思っているの?)

いつだって、あの人は娘の気持ちがわかっていない。要はプレゼントどころか、手をつけたくない宿題と同じくらい面倒くさいのに!

私は要がいなくなった頃合いを見計らって、台所へ行き、冷蔵庫に〈朝ごはんはいらない〉というメモを貼《は》った。


「あさはんできたよ」

今朝も要の声に呼ばれる。冷蔵庫に〈朝ごはんはいらない〉とメモを貼ったはずなのに、翌朝も、その翌朝も朝ごはんは用意され続けた。

「いらないってば」

とこちらも毎朝、断っているのだがやめようとしない。

どうして、いらないと言っているのに、頑《かたく》なに朝食を用意し続けるのか。毎日とは言わずとも、昼や夜は要の作った食事をともに食している。さしたる会話はないけれど、それで十分ではないか。

私は、毎晩、要が欠かさずぬか床を混ぜて、お米を研いで水にひたし、みそ汁用に煮干しと昆布で丁寧に出汁《だし》をとっていることを知っていた。

まるで眠る前の祈りの儀式のように、丁寧に朝食の準備をする。

22歳の大学生って、こんな感じなのだろうか。

要は、大学では経済学部だが、趣味はボタニカルアートで「本当は絵の道に進みたかったんだ」と言っていた。晴れた日には、庭先で花や植物の絵を一心に描き続けている。

夕方近くになると、猫のミドリとならんで縁側に座り、何をするでもなく山かげに落ちてゆく夕陽を眺めている。

その姿は、大人を通り越して、何だかおじいちゃんか、お坊さんみたいだと思っていて、可笑《おか》しくなった。

でも、毎朝のように〝あさはん〟を勧められることは、やはり、苦痛でしかない。

たとえ、〝朝食は健康の秘訣《ひけつ》〟だとか言われても、〝朝ごはんで家族だんらん〟が世間の常識であり、一般的幸せだとしても、私の家には家なりのルールやバランスがあったのだ。要に、朝食を勧められるたびに、それを否定されている気がした。

一週間ほどした頃、とうとう堪え切れなくなった。

「あさはんだよ」

と相変わらずの笑顔を見て明るい声を聞くと、頭にかっと血が上った。私は湯気のあがるちゃぶ台を見降ろしながら、こぶしを握り締めた。

「……もう嫌っ！」

いったん本音を口に出してしまえば、あとは歯止めが利かない。

「どうして？　どうして、いらないっていうものを押しつけるの？　そういうの善意の押し売りっていうんだよ！　何をお母さんに頼まれたの？」

あふれそうな感情を抑え込みながらも言葉をぶちまけると、要は小さなため息をつくや、すぐに穏やかな笑顔に戻った。

「お母さんに頼まれたわけじゃない。ただ、あさはんは大切だって思うから、ふうちゃんと一緒に食べたいだけ」

「そんなの……」

「あさはんは、一日を大切に過ごすためのおまじないみたいなもの。一日を大切に過ごせたら、誰かのことも自分のことも、もっと大事にできるから」

「……何それ、偉そうに。何も知らないくせに！」

私は、自分が誰のことも大事にできない人間だと指摘された気がして、また、それが図星だったから、無性に腹がたった。

もっと反論してやりたかったけれど、動悸《どうき》が加速度をまして激しくなるから、息継ぎがうまくいかずに、モノが言えない。私は代わりに、目の前のぬか漬けをつかんで要の足元に向かって投げつけた。それでも顔色を変えない要にますます苛立った。今度は、台所までいって、ぬか床に手をつっこんで、まるごとのきゅうりやなすを要の顔に向かって投げつけた。

「くさい、くさい、くさいっ！　糠も臭いし、要も臭い！　うそくさい！」

玄関先で寝ている猫のミドリの横をすり抜け、外に飛び出した。

「風花ちゃん？」

と呼びとめる太田のオバさんの声を背に、泣きじゃくりながら坂道を駆けていく。

このままどこか遠くへ逃げてしまいたかったけれど、ずいぶん走ってから、足元はビーチサンダルだし、携帯電話やお財布すら持っていないことに気がついた。

自分には帰る場所はないと思っていたけれど、だからといって、行きたい場所も行ける場所もないのだ。

いつのまにか、太陽はてっぺんまでのぼっていた。8月の焼けつくような陽射しに朦朧《もうろう》とした。乾いた先からまた、涙があふれだしてくる。日陰を求めて、あてどなく歩いているうちに、たどりついたのは、山中にある見知らぬ神社だった。

（ここは、どこだろう）

鎮守《ちんじゅ》の杜《もり》の木陰に誘われて石段を登ると、そこには広々とした涼しい空間があった。誰もいない、まるでエアポケットのように静かな場所だ。

走り続けて泣き疲れた私は、夏草の茂る大きな木の根もとに横たわった。

「一日を大切にできれば、誰かも自分も大事にできるよ」

要の言葉が頭の中にこだまする。

私だって、そばにいる誰かを大事にしたかったのに、できなかった。

母親も父親も、それぞれに悩み苦しんでいたのを知っていたのに、気付かないフリをしていた。結局、何もできなかったのだ。

えりこのことだって、あんなに大事に思っていたのに、思うだけで、実際は大事にできていなかったのかもしれない。そんなダメな自分がどうしようもなく、嫌いだし、自分を大切にしようなんて思えない。

森の静寂《せいじゃく》に包まれるうちに、私はいつのまにか眠っていた。

目を覚ますと、汗が乾くとともに身体が冷えていた。どれくらい時間が経《た》ったのだろう。陽は傾き始めて、いくぶん暗くなっている。

だけど、帰り路がわからない。急に心もとなくなって、再び泣き出したい気持ちになり膝《ひざ》をかかえてうずくまった、その時。

「ふうちゃん！」

顔をあげると、要がいた。長い石段を走って登ったに違いない。肩で息を切らしている。

「ふうちゃんのバカッ！」

糠にまみれていた要は、野山を駆けずり回ったのか、今は泥にまみれながら、ぼろぽろと涙をこぼしている。

私は、要が自分を捜しだしてくれたことよりも、目の前で泣いていることに驚いて、動くことも言葉を発することも微塵《みじん》もできずにいた。要は優しく手をとって私を立ち上がらせた。

「一緒に家に帰ろう」

帰り道は、要に幼子のように手を繋《つな》がれて歩いた。最初はその手を振り払おうとしたものの、要はぎゅっと握って離そうとしない。でも、本当のところ、私も繋いだ手が何だかしっくりとしているから離す気になれなかったのだ。

「ふうちゃんは、どうして、あさはんが嫌いなの？」

要は、うつむいたままの私の顔をそっとのぞきこむ。キスをされるのかと思うほど顔を近づけるから、思わず、赤らんでしまう。

「食べたことないから……。うちは朝ごはんを食べないのが普通だった」

「そっか、そういう家もあるよね」

「要に朝ごはんを出されると、何だかうちが否定された気がした。朝ごはんがなかったから、お父さんはいなくなったし、家族も消えちゃったのかなぁって」

父親ともっと一緒にいたかったのにという想いは、何度、抑え込んでも、繰り返し私の中にたちのぼっている。

「消えないよ。ふうちゃんのお父さんは、ずっとふうちゃんのお父さんだよ」

「要は？」

「もちろん、いなくなったりしない」

要の握った手から力が伝わってきた。


あの日から、私は毎朝、要と一緒に朝ごはんを食べるようになった。

「あさはんができたよ」という要の声を聞いて一日が始まる。

ちゃぶ台に向かい合わせに座り、湯気のたつ朝ごはんを前に手を合わせ、「いただきます」と声をそろえる。

わかめのみそ汁を湯気とともに味わう。きゅうりのぬか漬けを噛みしめながら、炊きたての白米をひと口運ぶ。旬のアユの塩焼きは身がひきしまっているし、私の焼いた卵焼きも今朝は焼きすぎていないし、形もまあまあだ。

「美味しいね」

「うん。美味しい」

忙《せわ》しない朝や、気乗りしない日でも、要とこうして何でもない言葉を交わして笑い合うだけで心が整う。その日一日が特別なものになりそうな希望に包まれる。

朝ごはんひとつでこんなにも違うものか、と思った。

夏休みのあいだは日がな一日、私は要のそばにいた。なぜだか、身体が自然に彼のもとに寄り添ってしまうのだ。

朝ごはんを終えると、台所にならんで立ち、洗いものをする。要が祖母に習ったという料理や、ぬか床との付き合い方を教えてもらう。

要が大学の論文に取り組んだり、ボタニカルアートを描いたりしている時は、彼の姿が見える位置で本を読んだり、宿題をしたりした。

夕方になると、ミドリをはさんで要と縁側に座り、お茶を飲んで過ごした。夕飯を食べた後は、庭で花火をしたり、山の裏にある小さな池にホタルを見に行ったりもした。

当たり前の日常を自分を慈しんでくれる人と過ごす。ただそれだけのことが、こんなにも自分の空っぽを満たすものか。

縁側に要とミドリとならんで座りながら、ふと考える。

夏時雨が降った後、夕陽が燃えるように美しいことに気付いたのは、要と過ごすようになってからだ。こんなにも胸をうつ夕景が見られるならば、毎日、雨でもかまわないとすら思う。

8月のうだるような暑さは永遠に続くかのようでいて、日ごと、肌触りが変わっていく。

つい先日まで線画だった要のボタニカルアートには、鮮やかな緋《ひ》色《いろ》がぬられ始めていた。日々、私が焼いていた卵焼きはすっかり熟達して、要のものとそん色ないほどの出来ばえになった。

「今日はドライブに行こうか。お弁当でも持って」

要が提案したのは、暑さが和らぎ、陽がいくぶん短くなった9月半ばの日曜日だった。すでに私の高校は2学期が始まっていて、一日中、要といられるわけじゃなかったけれど、あさはんと夕飯だけは一緒に食べていた。でもそんな生活ももう、終わりが近づいていることを感じていた。

「どこ行くの？」

「さあ、どこでしょう？　着くまで内緒だよ」

そう言って、運転席の要はあの三日月の目になって笑って、隣にいる私の頭をなでる。以前は、こんな風に子供扱いされるのは嫌だったけれど、今は、どんな風にでも要に触れられて可愛がられるのが嬉しい。

でも、ほんとうは頭をなでられるだけじゃなくて、そのまま引き寄せて抱きしめてほしいと、ひそかに思う。三日月の目をもっと近くで見たいし、眼鏡をはずしてみたい衝動に駆られる。

私は要に子供のように慈しまれ、可愛がられながらも、ただ、子供扱いされているわけでもない気がしていた。要の考えていることはわからないけれど、要が私に触れる手には、特別な優しさとか愛《いと》しさがこもっているような気がしてならないのだ。

　1時間ほど車を走らせて、たどりついたのは、地元でも知られざる彼岸花《ひがんばな》の名所だった。

雑木林をぬうように辺り一面に咲いた彼岸花は、木漏れ日を浴びてビロードのじゅうたんのように輝いている。

「すごい！　紅ショウガをぶちまけたみたい」

「ふうちゃん、もうちょっと情緒《じょうちょ》のあるたとえないの？」

あまりにも圧倒的な光景に、戸惑っていた。ほんとうは、紅ショウガではなくて、炎のようだと感じていた。大地からわきあがる無数の緋色の炎。その間に立っていると、なぜだか恐ろしい。

ずっと前に、いちばん奥にしまったはずの感情が、今にもあふれ出てしまいそうになる。

「綺麗すぎて……怖い。激しい怒りとか哀しみが咲いているみたいで、自分が焼かれちゃう気がする」

うまく言葉にできていないと思ったのだが、要は黙ってうなずいた。

「やっぱり、従兄弟だな。オレも初めてばあちゃんにココに連れてきてもらった時、同じようなこと思った。怒りに焼きつくされそうだって思った。でも、後から気付いたんだ」

要の美しい横顔には、彼岸花の緋色のような情熱が射している。

「オレが感じた怒りってさ、誰のものでもない、オレ自身の怒りなんだなって」

「自分の怒り？」

「うん。ふうちゃんは知らないと思うけど、オレ、中学生の時に1度、死にかけたんだ。母親と車に乗っている時に衝突事故にあって」

めったに自分の話をしない要が、かきたてられたかのように切に話す。

「3日間くらい意識なかったし、その後もちょっと後遺症が残った。母親はもともとメンタル弱いから責任感じて新興宗教走っちゃうし。カタブツな親父はフォローするどころか、母親のことも自分のことも責めて。……結局、離婚した」

要の親が離婚していたことは知っていたが、そんな経緯があったとは知らなかった。

「せっかく生きて戻ってきたのに、すべてが壊れた。親父の家に残ったものの、会話もなくて、関係は最悪になって。オレは荒れて、家に戻らなくなった。そんな時、ばあちゃんが『こっちの高校に通えばいい』って呼んでくれた」

　そして、毎朝、祖母とあさはんを食べて一緒に過ごすうちに、流れる季節を味わいながら、要はゆっくりと再生していったのだと言う。

「だから、お母さんからふうちゃんの話を聞いた時、放っておけないって思った。実際に会ったら、あの時の自分と同じ目をしているって思ったんだ」

　要は、話しながら私の手を握った。やわらかく握り締める手からは、何か熱いものが伝わってくる。

「この風景を見た時、オレが焼きつくされそうだって思った、あの怒りは、誰のものでもない。自分の怒りだったんだ。父親に対しても母親に対しても、何でこんなことになるんだ！　って本当はものすごく怒っていたけど、ちゃんと言えなかった。そんな自分に対しても失望して怒っていた。でも、本心を見て見ぬフリしていた」

　私は、要の震える声を聞きながら、繋いだ手のぬくもりを感じながら、自分もそうなのかもしれないと思った。

　あきらめて平気なフリをしていたけれど、幸せな食卓を囲むこともなく、あっさりと別れた両親に怒りを感じていた。それ以上に、彼らを繋ぎとめる存在になれなかった自分のことを恨めしく思っていた。

えりこのことだって、そうだ。「親友だよね」と誓い合ったのは、嘘だったのかと思うと腹だたしくて仕方ない。

でも、自分にもっと思慮《しりょ》があれば、避けられたのかもしれない。自己嫌悪は、募るほどに怒りと悲しみをおびていった。私は、そんな自分の感情と向き合いたくなくて、逃げたのだ。

なぜか涙があとからあふれて止まらない。そんな私を要は真綿でくるむようにそっと抱きしめてくれた。

「ふうちゃん、もっと怒っていいんだよ。誰に怒ってもいいし、自分を悔いてもいい。でも、ふうちゃんは悪くない。悪くない」

「だって、みんないなくなっちゃう。いつかいなくなっちゃうから」

「だいじょうぶ。いなくならない。ふうちゃんといるよ」

頭も心も、これまで後悔していた過去もすべてが一気にまっしろになるほどに嬉しくて、幸福感を感じた。でも、嘘つきだ。要は、もう、帰る支度をはじめているのを知っている。

窓を開けると、ひんやりとした風が頰《ほお》をなでる朝だった。

「あさはん、できたよ」

いつものように向かい合って座り、手を合わせて「いただきます」と声を出す。

アジの開きに、納豆と海苔、秋なすのおみそ汁、カボチャの煮物に甘辛い卵焼き、それから、いつしか、風花の好物に加わったぬか漬けもならぶ。

「ぬか床とミドリさんは、ふうちゃんに預けるね。寒くなったら、ぬか床は1日1回混ぜればだいじょうぶ。冬になったら、カブとか人参も漬けてみて。あ、それから、アボカドとかも案外、糠に合う」

要がいつもよりも饒舌《じょうぜつ》なのは、私がいろんな感情を抑え込んでいるのに気付いているからに違いない。みそ汁の湯気をあびると鼻がたれてきて、それをすすりあげると、涙も一緒にこみあげてくるから、しゃくりあげるしか術《すべ》がない。要はそんな私の様子に気付かないふりをしている。

「お母さんが帰ってきたら、あさはん、作ってあげたら？」

「……食べるかなぁ」

「きっとよろこぶよ」

「……よろこばないよ」

「でも、オレがよろこぶ」

「何それ？」

ぬか床も猫も彼岸花の絵も置いていくと言った要の荷物は、ボストンバッグ1個ほどと驚くほど少なかった。先に車に荷物を積み込んでエンジンをかけてから、もう一度、外にでて、風花の前に立つ。

「じゃあ、いくね」

いつものように頭をなでられた瞬間、ずっとこらえていた涙の表面張力が決壊した。

私の中のもう一人の私が、車に乗り込もうとする要に、後ろから抱きついた。

「やだっ！　かなめ！　かなめぇ……」

要は優しく笑いながら、そっと抱きしめ返してくれた。

ふと気がつくと、要の車は走り出していた。要の車が小さくなって、視界から消え果てても私は立ち尽くし、見送り続けた。

甘苦しい想いが胸に泉のようにわきあがって止まらない。要は、私のことをどう思っているのだろう。繋いだ手からも、抱きしめてくれる腕からも、愛しさは感じるのだけれど、それが要にとって恋なのかがどうしてもわからない。

要は私をどう思っていたのか、従兄弟以上の感情はあったのか。

「また、来るから。離れていても、味方だからね」

そう言い残して、要はあとかたもなく帰っていった。

ここにきて、初めての夏、たぶん、最初で最後の要と2人の夏が終わった。

今日は、早朝から秋雨が降っている。山間《やまあい》の町は、季節を問わず雨がよく降ることを知った。私は、もう、どんな天気でも、一人でいても、あさはんを欠かさない。

「ミドリさん、今日はアボカド漬けてみたんだ」

私は要を思いながら、ミドリに語りかける。あさはんの湯気のなかで、雨音に耳を澄ませる。

以前だったら、鬱陶しいだけだった雨が、今はなんだか嬉しい。雨が降った日の夕暮れは美しいだけでなく、夏時雨とともにやってきた要を、また連れて来てくれそうな気がするのだ。

イブの贈り物

恋愛は雪のようなものだと思います。

美しいのは降りはじめだけ。降り続ければ、次第に冷たさも重さも増していく。それに、雪に触れた時の嬉《うれ》しさだって、どれだけ心身に刻み込まれても、いつかは幻のように消えてしまうのですから。

永遠に続く愛が望めないならば、恋なんてもうしなくてもいい。そう思っていました。


32歳にして、恋愛をあきめているなんて早すぎるでしょうか？

私、高島美里《たかしまみさと》は、2年前に離婚したのをきっかけに資格をとって、1年前に介護士になったばかりです。今も未来も食べるに困らない〝手に職〟をつけようと、猛勉強して自分で切り拓《ひら》いた道。

元夫とは、3年間の短い結婚生活でした。甘やかな時間はほんのわずかで、あとは日常のすれ違いが生むストレスが原因でケンカが絶えなくなり、やがて、彼は浮気相手のもとへと逃げて行きました。

私はがっかりしましたが、周囲が同情するほどは落ち込んでなかったのが本音です。結婚という契約まで交わした相手の不貞《ふてい》ではありますが、これもいつかはたどりつく恋愛の末路と思えば、あきらめもつくと思ったからです。

どれほど恋焦がれた相手と結ばれたとしても、いつかは冷めてしまうならば、最初から、恋心なんて抱かない相手と結ばれたほうが楽なのではないかとすら思います。


私の勤める介護施設は、埼玉県の最北端にあります。県内ではいちばん人数の多い施設だと聞きました。私自身は、特にお年寄りが好きだとか得意だなんてことはなかったのですが、ここでなら働きながらも、心乱されることなく、穏やかに過ごせそうだと思いました。

恋愛とか夢とか、人間が持つあらゆる欲望とはほどよい距離がとれそうな気がしたんです。

でも、実際はそれほど穏やかな日々ばかりではありません。

介護する入所者さんたちは、70代、80代のおじいさんやおばあさんたちです。

人間って、年齢を重ねると、余分なものが捨てられる分だけ、もともと持っていた個性とか欲望の濃度が濃くなっていくんですよね。

無口な人はより無口になるし、頑固な人はより頑固になる。人懐っこい人は、ますます、人の輪を大きくしていく。好色なおじいさんは、死ぬまで好色です。

つまり、憶面《おくめん》なく自分に正直にわがままになっていく。成熟というよりは、ここまでくると、子供返りしているよう。

認知症のせいか、夜中に徘徊《はいかい》したり、おもらししたり、ひどい暴言を吐いたりする人もたくさんいます。

そんな入所者さんたちに対して、私たち介護士は、過度に優しくすることもなく、だからといって、突き放すこともなく、日々、淡々と接しています。

介護士という職についている人間は、優しく慈悲《じひ》深い人間だと思われるかもしれませんが、ほんとはごく普通です。ただ、老人のわがままや老いて動かなくなった身体《からだ》に付き合う体力や忍耐力だけはあるほうかもしれません。

人は生まれた時から死に向かっている。その最終コーナーをまわった人たちに付き合っていると、人生に無駄な夢を見る時間などないのだとつくづく思わされます。まぁ、当の入所者さんたちが、日々、老いていくことや近づきつつある死に対して、どれだけの自覚があるのかというと、本当のところはわかりません。

牧田静《まきたしずか》さんは施設の中でも異質な人でした。さまざまな個性を持った老人たちの中でも、とりわけ気難しくて、介護士たちにも扱いづらいと敬遠され気味でした。とはいえ、車いすの移動が必要な時以外は、肉体的な介護はほとんど必要ではなく、何でも自分でできます。ベッドや車いすに座っている時でも背筋が伸びて凜《りん》としています。

いつもフランス語の辞書を引きながら、詩集や小説を読んでいました。あるいは、自宅からわざわざ持参したという繊細な絵柄のアンティークのカップでアールグレイ紅茶を飲んだり、バロック音楽を聴きながら編み物をしたりして。誰かと交わらなくても一人の時間を優雅に過ごしていました。

その姿は、はためにに見ていても誇り高く、美しかった。

ただし、プライドが高く神経質な人だから、そばにいて世話をする人間は大変です。

ある時、静さんを担当していた先輩の介護士が部屋のドアを強めにノックして、それに驚いた静さんが手にしたカップを取り落としそうになったことがありました。小さなことといえば、小さなことですが、静さんは、烈火《れっか》のごとく怒り、先輩を強く罵《ば》倒《とう》しました。

「食べる時や歩く時はもちろん、どんな動作でも大きな音を立てる人間ほど下品な人はいないわ。あなた、とても下品な顔しているわ」

ベテラン介護士である先輩を、そんな風に身も蓋もない一撃でやりこめました。そして、それだけで担当介護士を変えるように、施設長に強く申し出ました。

その先輩だけがうまくいかなかったわけではありません。その後も、静さんはどんな介護士のことも気に入らず、担当は何人もどんどん変わっていきました。

仕方なしに、担当はつけないことにして、私をふくむ、特別に好かれているわけでもないけれど、まだ嫌われてはいない介護士が交代で静さんのお世話をすることになりました。

私はうまくいっていたほうかもしれません。静さんの好きなもの――フランス文学やアンティークのティーカップに興味や憧《あこが》れを示していたから、そのことを告げると、静さん嬉しそうに、でも控えめに微笑んで、時にはフランス文学について話してくれました。

ある時、私が、サガンの『悲しみよ　こんにちは』は読んだことがあるというと、

「私もサガンが好きよ。20歳の時にサガンに恋をしたの。でも30、40代の頃は、デュラスとユルスナールのほうが好みかなって気もしたけど、だけど、やっぱり、サガンにもどってきたのよ。いちばん心酔するの。『悲しみよ　こんにちは』もいいけど、『ブラームスはお好き』も名作よ」

そう話す静さんは、いつもの気難しく物静かな彼女とはまったく違っていて、なんだか、少しだけ年上の美しい友人のように思えました。

静さんは、誰のことも簡単に寄せ付けない人です。資産家ながら、すでに家族はいないようでした。風の噂《うわさ》で、ダンナ様はもう10年以上も前に亡くなってしまい、子供もいないのだと聞きました。そういえば、1度、静さんの甥《おい》っ子を名乗る人が施設を訪ねてきたことがあるらしいのだけれど、静さんが「遺産はボランティア団体にすべて寄付する」と遺書に書いたことを告げると、二度と現れなくなったのだと。

静さんは、人前では、いつも凛としていて寂しさや弱みなんて一切見せない人だったけれど、時折、一人で窓の外を眺めている表情は何とも寂しそうにも見えたのは気のせいでしょうか。

吉成穣がこの施設にやってきたのは、秋の紅葉が落ち始めた頃でした。専門学校を出たばかりの22歳の見習い介護士です。身体は大きいのに、まるで、小学校の体育委員のように清々《すがすが》しく明るくて、エネルギーに満ちている。ほとんど自力では動けない老人の身体を運ぶような力仕事や、日常的に続く排泄物の掃除まで、どんな仕事でも率先して行うし、誰に話しかけられても、人懐っこい笑顔をむけて応え、自分から話を盛り上げる。今時の男の子とは思えないほど、すぐに老人たちに自然になじみ、親しまれていました。

私は、穣の曇りのない笑顔にどこか惹《ひ》きつけられてしまうものの、少々、まぶしすぎるようにも感じていました。

プロの仕事人として、淡々とやるべきことをしている冷静な介護士の中にあって、フレッシュな空気を放ちながら、思いやり深い態度で誰にでも接する穣は、この施設にあきらかに特別な光をもたらしていました。特に、女性たちです。普段はのんびりとした凪《なぎ》のような施設内も、穣が現れてからは、まるで新しい朝がやってきたように希望が漂い、おばあちゃんたちは憧れの何かを手に入れたかのように穣を見て、彼に触れて、色めいていました。

私は、思いました。なぜ、こんなにも彼は楽しそうに仕事をするのだろう。理由も目的もわからないけれど、穣の楽しそうなさまは、ポーズではなくて、心からのものであることは伝わってきました。

静さんが穣に初めて出会った瞬間のことは忘れられません。私と一緒に穣が、あいさつをかねて静さんの部屋に入った瞬間、静さんの眼は、穣にくぎ付けになっていました。

穣は、そんな静さんの様子を気にする風もなく、明るくあいさつすると、彼女が手にしていたフランス語の辞書に視線をむけて言いました。

「フランス語で読まれているんですね。僕、フランスには憧れがあるんです」

その言葉に反応した、静さんはさらに穣をじっと見つめていました。まるで、じっと見つめている自分にも気付かないほど、あからさまに視線を奪われていました。

「行ったこともなければ、知っているわけでもないですけど。子供の頃、僕の家の近所に、フランス人の老夫婦が住んでいたことがあったんです。共働きの両親の留守の時に、よく呼んでもらって食事なんかもご馳走になりました。だから、今でもフランスとかフランス人って素敵だなと思います」

そうして、誰にも心を開かなかった静さんは、出会ってまもなくの穣を自分の担当に指名したのです。

自分から介護士を呼ぶことなどめったになかった静さんが、穣のことは、朝一番にアールグレイの紅茶を飲もうと声をかけます。これまで外に出ることなどなかったのに、晴れた日は、毎日のように、穣と散歩に出ました。彼が静さんの車いすを押しながら、施設のそばにある並木道をゆっくりと通って行きます。

私が窓から、それを眺めていると、静さんが後ろを振り返って何かしら指さしている。すると、穣は静かさんの指さした方に駆け寄って木の実のようなものを拾いあげ静さんに手渡して、2人で笑い合っていました。

中庭に2人で座って、静さんがフランス語の詩集を読むのを、穣が熱心に耳を傾けていることもよくありました。

その様子は仲睦《なかむつ》まじく、まるで、高校生同士のデートのように、初々しくも見えました。

静さんは、日を追うごとに表情が豊かに色づいていきました。

そして、穣もまた、静さんに頼られることでますます張り切っているようでした。

静さんにさまざまなことを学び、介護士としても成長していったのです。

いつのまにか、私は、そんな2人の姿を目で追うのが日常になっていきました。

あまりにも、静さんと穣の仲が良すぎて、私はヤキモチに似たような感情を抱いて、穣をからかったことがあります。

ある日のお昼休みに食堂で、静さんからもらったフランス語の本を熱心に読んでいる穣を見つけて、隣に座るなり言いました。

「吉成くんは、フランス語を勉強しているみたいだけど、だいぶ話せるようになった？」

「いえ、まだまだです。それに、僕のは、ニセモノですから。でも、静さんのフランス語はホントに素晴らしいと思います」

「静さんと吉成くんって、まるで、恋人同士みたいね」

するとと、穣は一瞬、とまどったような表情をして、頬《ほお》を赤らめました。

「静さんのことは、すごく尊敬していますし、大切に思っています。もちろん、他の入所者さんも、みなさんそうですけど。静さんは、介護士である僕を信頼してくださっているのでそれに応えたいと……」

穣が一瞬赤くなったのは条件反射で、実際は、静さんの想いに気付いていないのだと思いました。もっと、彼をからかってみたい気持ちに駆られたけど、何だか、まっすぐな穣に私のほうが胸をつかまれて、その後はもう言葉が続きませんでした。

私は、自分は何にやきもちをやいていて、何でいじわるな気持ちになっているのだろうと思いました。自分の心の整理ができないまま、私は穣と静さんから、ますます目が離せなくなっていったのです。

吉成穣は、知れば知るほど、不思議な青年でした。見た目だけなら、今時のカッコいい男の子。上背もあり筋肉質な身体は、「入所者さんを運ぶのに必要だから」と日日、小さなトレーニングを積み重ねているからだと言っていました。顔は小さくて、至近距離で肌だけ見ればまるで女の子のように美しい。目鼻立ちは整っているけれど、親しみやすさや甘さがある。頭の回転も速く、気が利いていて、行動力もある。

きっと同世代の女の子にもモテるでしょう。仕事だって、新卒なら、他にもいろんな仕事の選択肢があったにちがいません。

それなのに、なぜ、この仕事についたのでしょう？

私は、ずっと疑問に思っていたことを穣に直接きいてみることにしました。

2人で深夜の当直をしていた時のこと。22時を回ると、珍しく誰からも呼び出しがかからず、私と穣は部屋の中に長らく2人きりでいました。

「なぜ、この仕事についたの？　穣くんなら、頭もいいし、人柄もいいし、どんな企業にもいけたでしょう」

「自分はそれほど恵まれた人間ではありません」

「どうして？」

「実は僕、孤児院で育ったんです……」

それは意外な告白でした。

小学生の頃に両親を事故で亡くした穣は、親戚の家を渡り歩いた末に、最後は孤児院に預けられたのだと言います。施設に入ってからも、学費は新聞配達などのアルバイトですべて自力で払ったという話でした。

この人は、ただ明るくてエネルギッシュなわけではない、その裏では孤独の闇を知っている人なのだと感じました。そして、恋愛じゃなくとも、人を愛することの痛みと失うことの悲しみ、そしてあの淡雪のような儚《はかな》さも知っている人なのです。

もしかして、10歳も年上の私よりも彼はずっと大人なのかもしれません。

穣は告白の後、肩を落として、珍しくだまりこんでいました。もの想いにふけっているのか、その複雑な色をたたえたまなざしを見つめながら、私は自分が彼にますます惹かれ、心揺さぶられていることを全身で感じていました。

何か言葉をかけたり、その頬やまつ毛に思わず触れたりしてみたくなったけど、結局何もできずに、じっと見つめていると、穣は不思議そうな顔をして私を見つめ返していました。そのうち穣は、うっすらと頬を赤らめました。

鈍感なのか、敏感なのかわからない人です。

同僚である私たちの間に流れる空気が、男と女のそれに変わりかけた瞬間、ベルが鳴りました。それは、静さんからの呼び出しでした。

「なんだか、眠れなくて。温かい紅茶をいれてくれないかしら？」

静さんは、穣の後ろに立っている私を見つけると、あきらかに不機嫌な表情を見せたので、私はそっと、退散しました。

翌日の朝礼。ひと通り連絡事項の伝達が終わると、私だけ、介護士長に呼び出されました。

「牧田さんから買い物お願いしたいってメモを渡されたのよ」

「でも、牧田さんの担当は、吉成くんですよね？」

「いいから。コレを見て」

メモを見て、私は驚き、思わず「あっ！」と声をあげました。

そこには、ティッシュペーパーやチョコレートなど、いつもの買い物リストの最後に、〝生理用品〟と書いてあったから。

私と介護士長のやりとりに気付いた穣は、

「どうしたんですか？　買い物なら僕が行きますよ。静さんの買い物って、僕じゃダメなんですか？」

　と私に向かってきました。

「ダメなのよ。絶対にあなたじゃダメなの」

「どうしてですか？　理由だけでも教えてください」

「理由は言えないわ」

　エサを預けられた子犬のように、どんどん必死になる穣を前に、わたしは何だか少しだけいじわるな気持ちになっていました。いじわるな気持ちが増していくのとともに、穣に愛《いと》しさのような感情を抱き、彼を欲している自分に気付きました。

一方、静さんのことを思いました。認知症が始まっている。こんなにしっかりしている人でも、誇り高く美しい人でも、老いていくこと、心が壊れゆくことは止められないのです。

　静さんの認知症は確実に始まっているけれど、穣と過ごす日常は変わりません。朝は紅茶を飲み、穣と散歩をして、すでに葉が落ち切った枯木でも、たたずんで嬉しそうに眺めている。そして、中庭に戻ると、穣に寄り添って、詩集を読みます。

　2人が中庭にいると、もう枯れているはず木々に、花が咲いているように見える瞬間がありました。本当です。

私は日ごとに穣に強く惹かれ彼を求めながらも、一方では純真な少女のように穣にまっすぐに向かう静さんに、私自身の想いや、未来を重ねていました。


介護施設には、平坦で色の少ない日常を彩る小さなイベントが年に数回あります。クリスマスイブのパーティーもそのひとつです。

パーティーといっても食堂にクリスマスツリーを飾り、私たち介護士や施設のスタッフがミニコンサートを開く。その演奏を聴きながら、ケーキを食べるだけ。簡素なものだけれど、毎年、みんな楽しみにしてくれています。

入所してから、まだ一度もイベントに参加したことがなかった静さんも、今年は「穣くんがいるなら参加したい」と話していました。

イヴの数日前、穣が大きな箱を抱えて帰ってきたので、

「どうしたの？」と聞くと、

「静さんに頼まれたものなんですけど、内緒です」と話していました。

あのメーカーの、あの大きさの箱ならば、おそらく静さんの着るドレスでしょう。

静さんはクリスマスにドレスを着て、穣と過ごしたいのだと思いました。静さんらしい考えです。

しかし、クリスマスイブの前日、突然、穣が地元に帰らねばならないと言いだしました。

「孤児院でお世話になっていた先生が、お亡くなりになったんです。いちばん、僕を支えてくれた先生です。どうしても葬式に顔を出したいんです」

たしかに、それは何を置いても帰りたいでしょう。穣は、介護士長に許可をもらった後で私に言いました。

「静さんをよろしくお願いします。イブは必ず一緒に過ごすと静さんと約束していたので、必ず帰りますから」

あんなに固く約束していたはずなのに、イブのパーティーの時間には、穣は帰ってきませんでした。

私は、パーティーに連れだそうと、部屋まで何度か迎えに行ったものの、静さんは頑なに拒み続けました。

そして、クリスマス会の片付けも終わった深夜、穣から施設に電話がありました。

「すみません。こちらでは昨夜から降り続いた雪が積もってしまって、まったく電車が動かなくて。今夜は帰れないんです。明日の朝一番で必ず帰りますから」

たしかに、こちらでも窓の外には、チラホラ雪が降り始めていました。

もう深夜だし、穣のことは、明日、静さんに告げようかと思ったものの、しばらく静さんの姿を見ていないことが気になって、部屋までいってみることにしました。

そっとドアを開けると、ベッドには静さんの姿がありません。

あわてて探しにいきました。施設中を探し回ってもいないので、中庭を見に行きました。そこに静さんの姿がありました。穣といつも2人でいた大きな楡《にれ》の木の下に、もたれるように静さんがひっそりと座っていました。

数日前に穣が静さんのために買ってきたであろう、真っ白なドレスをまとい、三つ編みを結って、唇にはレッドルージュをさしている。遠目に見たら、まるで、少女にしか見えない姿です。

降りしきる白い雪と一緒に溶けてしまいそうな儚さで、静さんはひっそりとそこに座っていました。

私は慌てて静さんのもとに駆け寄ったのですが、手には、折り鶴が握りしめられていて、口元はわずかに微笑んでいるようにも見えたけど、身体はもう、冷たくなっていました。

翌朝、穣は始発電車で帰って来て、施設に駆けつけました。ベッドに横たわった静さんを見るなり、床に崩れ落ち、つっぷしました。そうして、大きな身体が壊れるのではないかと思うほど、激しく泣き続けたのです。泣き止んだ後はずっと、長い間、そばに座って「ゴメンね、静さん。ゴメンね」とつぶやくように語りかけていました。静さんの遺体が引き取られた後、私は穣に静さんが握りしめていた真っ白な折り鶴を手渡しました。

穣は折り鶴をていねいにひらくと、そこには、小さな文字でびっしりと穣への想いがしたためられていました。

〝あなたは、命よりも大切な人〟

最後にそうしたためられていた、その文字を見た穣の眼からはふたたび、熱い涙があふれてきました。

最期の時を、穣と一緒にいられなかったことは、静さんにとってとても残酷で哀しいことです。静さんは一人の少女になって穣に恋焦がれていたのですから。

それでも、静さんの人生に続いていた長い孤独を救ったのは、穣とのひと時であり、穣への片想いだったのだと、私は思いました。あの3か月が、静さんの78年間の人生を輝かせ、より深い意味をもたらしたのではないかと。

穣は今度のことがよほど辛かったのか、しばらくして、介護施設を辞め、海外に医療の勉強に行くと言って旅立っていきました。


静さんが旅立ち、穣が旅立って、数か月が過ぎました。いまだに私は静さんと穣の不在に慣れずにいます。2人の過ごしていた中庭や歩いていた並木道を眺める習慣は今も消えずに残っています。

離婚後の私は、もう、一人で生きて行くと決めていたし、もう誰がいなくても、寂しさなんて感じることもないだろうと思っていたのに。穣と静さんが雪のように儚く消えてしまって、久しぶりに強い孤独を感じました。

だから、ある時、穣に手紙を書いてみようかと思いペンをとりました。でも、静さんのあのラブレターがあまりに純粋で美しすぎて、結局は、何も書くことができませんでした。

私は穣のことが好きだったのでしょう。でも、静さんのことも好きだった。

静さんの最期にして最高の片想いに、私もそっと救われたのです。

今私は、いつか恋をしたいと願っています。片想いでもいい、永遠に実らなくてもいいから、静さんのように命をふるわせる燃えるような恋をする女でいたいと思っています。

エピローグ――ラジオパーソナリティー

　7つの片想いの物語を味わううちに、三崎透と入山由衣の心には、少しずつ変化が起こっていた。そして、それは今、2人の人生にも変化をもたらしつつある。

　三崎は、別居中の妻と正式に離婚が決まった。すべての手続きを完了してしまえば、心の靄《もや》は晴れてすっきりとしていた。恋はおろか愛など微塵《みじん》も感じぬようになっていた妻に、いまは友情のようなものを感じていた。これからは、学生時代、出会った頃の関係に戻れる気がしたのだ。

　妻に限らず、これまで出会ったどの女性との愛も、あっけなく終わってしまった。だから、ウディ・アレンのいうとおり、〝片想いにしか永遠の愛はない〟のだと思っていた。要するに、悲観していたのだ。

　でも、今は――。

　たしかに、片想いは永遠に美しいし、どんな恋愛も片想いから始まる。けれど、片想いだけじゃない愛もある、その先にも希望はあると思いたかった。

三崎にとっての希望とは、入山由衣だ。いつも自分を気にかけて見守っていてくれる彼女。DJブースの外からのディレクターとしてはもちろん、もしかして、一人の女性としても……。


一人の夜に耐えきれずに飲み過ぎた帰り道、偶然、山下公園で入山由衣に会った時、

「オレはもう若くもないし、売れているアーティストでもない」

ふだんは、そんなこと言わないのに、離婚が決まった直後とあって口がすべって、自虐的な悪態をついた。それでも、入山由衣はさらりと言った。

「若くなくても、売れっ子じゃなくても、今の三崎さんがいいです」

その言葉を聞いた時、三崎は自分が求めているものが何なのかが分かった気がした。


誰かに愛されたいという希望だ。愛したい、そして、愛されたいという思いだった。

一方の入山由衣は、片想いの貴重な輝きや醍醐味を自分なりに理解できるようになっていた。

「私のあだ名はブタっち。」のノムラのように、親友であり初恋の人であるサタケは手に入らずとも、2人にしか通わない心とか味わえない永遠の一瞬とかはあって、そ

れは片想いだからこそ、美しいまま永久保存されることも分かった。

「サムシングブルー」のように、一途に全力で片想いをした希美と、そんな希美に片想いされたシンと、片想いだって、両方にとって人生を変える恋もある。

「イブの贈り物」の静さんのように、人生の最期の瞬間を、あんなにも鮮やかに彩ってくれる片想いもある。

由衣は、三崎透の気持ちが少し分かった気がした。

まだ恋を知らない頃に味わう片想いも尊いけれど、人は、恋と愛の深みを知るほどに、片想いに憧《あこが》れ、片想いに還《かえ》るのだ。

それに、いつだって、人は、自分から愛することしかできないのだ。片想いからしか始まらない。


今年、最後の週のオンエアが終わった日は、クリスマス・イブの夜。そして、由衣の誕生日でもあった。番組終わりの会議室、スタッフ全員で、コンビニのケーキとビールで乾杯した。

「この一年に、由衣の30歳に、そして、〝全員片想い〟の成功に乾杯！」

部長が声をあげると、みんなでクラッカーをならし、グラスを合わせた。

三崎は、この打ち上げが終わったら由衣を山下公園に呼びだして小さなプレゼントを渡すつもりでいた。久々に自分の奥に芽生えた、小さな希望を繋《つな》いでみようと思っていた。

1時間後、みんなが解散すると、三崎は近くの海辺の公園へと急いで向かい、ベンチにもたれて、由衣にメールを打った。

〝今夜、良かったらお祝いをかねて、もう一杯どうかな？〟

メールを打ちおわって、ふと顔をあげると、かけ足で男のもとに向かう女性がいた。よく見ると、入山由衣だった。息を切らしながらも、笑顔で男のもとにたどりつくと軽く抱きつき、そして、腕をくんで歩き出した。

由衣には恋人がいたのだろうか。そんなことひとことも聞いたことがない。恋人はいないと言っていた気がする。あるいは、片想いの男だろうか。

三崎はひとしきり思い悩んだ挙句、そんな自分の青くささに苦笑した。

（いずれにしろ、オレの片想いだ）

三崎は自分の想いをそっとしまいこむように、メール画面を閉じた。そして、小さな箱に入ったプレゼントをベンチの上において立ち上がり、ゆっくりと家路を歩き出した。

「私のあだ名はブタっち。」原案：あんにゃ（E★エブリスタ）
「サムシングブルー」原案：ふみ（E★エブリスタ）
「彼氏、いるんだよね。」原案：Zoo（E★エブリスタ）
「あさはんのゆげ」原案：深水（E★エブリスタ）
「イブの贈り物」原案：ひろ（E★エブリスタ）

本書は文庫オリジナルです。

全員《ぜんいん》、片《かた》想《おも》い

設楽《したら》朋《とも》

平成28年6月15日　初版発行

発行人——石原正康
編集人——袖山満一子
発行所——株式会社幻冬舎
〒151-0051東京都渋谷区千駄ヶ谷4-9-7
電話　03(5411)6222(営業)
　　　03(5411)6211(編集)
振替00120-8-767643
印刷・製本—中央精版印刷株式会社
装丁者——高橋雅之

検印廃止

幻冬舎文庫

ISBN978-4-344-42432-6　C0193　し-41-1

幻冬舎ホームページアドレス　http://www.gentosha.co.jp/
この本に関するご意見・ご感想をメールでお寄せいただく場合は、
comment@gentosha.co.jpまで。